Y CLWB CYSGU CÂL YN SBAEN

Y CLWB
CYSGU CŴL
YN SBAEN

Narinder Dhami

Addasiad Siân Lewis

GOMER

Argraffiad cyntaf—2002

Hawlfraint y testun: © Narinder Dhami

Hawlfraint y testun Cymraeg: ℗ Siân Lewis, 2002 ©

ISBN 1 84323 136 0

Teitl gwreiddiol: *Sleepover in Spain*

Cyhoeddwyd gyntaf ym Mhrydain yn 1998
gan HarperCollins Publishers Ltd.,
77-85 Fulham Palace Road, Hammersmith
Llundain, W6 8JB

Mae Narinder Dhami wedi datgan ei hawl dan
Ddeddf Hawlfraint, Dyluniadau a Phatentau 1988
i gael ei chydnabod fel awdur y llyfr hwn.

Argraffwyd gan
Wasg Gomer, Llandysul, Ceredigion SA44 4QL

CIT CYSGU CŴL

1. Sach gysgu
2. Gobennydd
3. Pyjamas neu ŵn nos (coban i Sara!)
4. Slipers
5. Brws dannedd, pâst dannedd, sebon ac yn y blaen
6. Tywel
7. Tedi
8. Stori iasoer
9. Bwyd i'w fwyta yn yr awyren
10. Tortsh
11. Brws gwallt
12. Pethau gwallt – bòbl, band gwallt, os oes angen
13. Nicers a sanau glân
14. Dyddiadur y Clwb a cherdyn aelodaeth

HEFYD:
eli haul a sbectol haul!

PENNOD UN

Haia, dwi'n ôl. Fi sy 'ma. Ali. Ti'n cofio? Mae'n hen bryd i ni gael gair bach, achos dwi ddim wedi siarad â ti ers *oesoedd*. Ac mae gyda fi *bob math o bethau* i'w dweud wrthot ti.

Rwyt ti *yn* ein cofio ni, on'd wyt? Rwyt ti'n cofio fi a Sam, fy ffrind gorau, a Ffi a Sara a Mel – y Clwb Cysgu Cŵl. Rydyn ni wedi bod yn cysgu yn nhai ein gilydd ers misoedd, ac yn cael hwyl mas draw. Felly allen ni ddim credu pan ddwedodd Sam beth ddwedodd hi. Wel, ti'n 'nabod Sam – mae'n un dda am godi helynt. Ond y tro hwn fe roddodd hi *dipyn* o sioc i ni.

Ta beth, dechreuodd yr helynt un prynhawn yn yr ysgol. Roedden ni i gyd yn gwneud

7

modelau o geffylau allan o glai (rydyn ni'n dwlu ar geffylau, byth oddi ar i ni fynd i farchogaeth yn y Clwb Cysgu Cŵl), felly, wrth gwrs, roedd clai dros y lle. Roedd clai ar Ffi hyd yn oed, er mai hi yw'r person mwya taclus yn y byd mawr crwn. Mae hi'n gwneud i'w mam smwddio'i nicers, cofia!

"Hei, 'drychwch!" Sticiodd Sam lwmp o glai ar flaen ei thrwyn a gwenu ar bawb. "Pinocchio!"

"Diolch yn fawr, Sam!" meddai Ffi'n bigog, gan gipio'r clai. "Cynffon fy ngheffyl i oedd hwnna i fod!"

"Wel, pwy ydw i nawr 'te?" Dechreuodd Sam sticio darnau bach, bach o glai dros ei hwyneb i gyd. "'Drychwch! Emma Davies!"

Chwarddon ni i gyd nes oedden ni'n wan. Mae brech yr ieir ar Emma. Mae hi gartre'n sâl, felly mae ei ffrind gorau, Emily Mason, yn gorfod mynd o gwmpas gydag Alana 'Banana' Palmer, sy'n ddwl bost. Rwyt ti'n cofio Emma ac Emily – yr M&Ms – on'd wyt ti? Yr M&Ms yw ein gelynion penna. Mae Alana Banana'n elyn i ni hefyd, ond mae hi mor dwp, dydyn ni ddim yn poeni amdani hi.

"Ocê," dwedais, gan syllu'n gam ar fy model. "Dwedwch y gwir, giang. Fydda i ddim yn grac. Ydy hwn yn edrych yn debyg i geffyl?"

"Na," meddai Mel.

"Dim o gwbl," meddai Ffi.

"Dim byd tebyg," ychwanegodd Sara.

"Mae'n edrych yn debycach i jiráff," meddai Sam.

"O, grêt," snwffiais, a gwasgu'r model yn fflat. "Mae pawb mor garedig."

"Oes 'na stêm-roler wedi gyrru dros dy geffyl di, Ali?" meddai Mrs Roberts, gan anelu'n syth amdanon ni. Cododd ei haeliau pan welodd hi'r stwnsh clai o 'mlaen i. "Beth wyt ti wedi bod yn ei wneud am yr awr ddiwetha?"

"Mae'n ddrwg gen i, Miss," dwedais yn gyflym. "Ond doedd fy ngheffyl i'n dda i ddim." Tri chynnig i Gymro, ond mae un yn hen ddigon i fi, fel mae Mam-gu'n dweud.

Edrychodd Mrs Roberts ar y cloc. "Wel, mae gyda ti tua deg eiliad ar ôl cyn i ni ddechrau tacluso, felly dyw hi ddim gwerth i ti ddechrau eto." Yna edrychodd arnon ni.

Roedden ni i gyd yn gwisgo ffedogau, ond roedd ein dwylo'n glai i gyd. Hefyd roedd gan Mel glai yn ei gwallt ac roedd darnau bach gan Sam dros ei hwyneb. "Gwell i chi fynd i 'molchi hefyd."

Lluchion ni'r clai sbâr i'r bin clai, ac fe redon ni at y sinc yn y gornel. Ffi oedd yno gynta.

"Aw! Peidiwch â gwasgu!" cwynodd, wrth i bawb geisio'i gwthio o'r ffordd.

"Brysia, neu fe gei di lwmpyn o glai i lawr dy gefn!" rhybuddiodd Sam.

Trodd Ffi mewn braw, ac ar unwaith plymiodd Sam heibio iddi a dechrau golchi ei dwylo.

"O, doniol iawn!" snwffiodd Ffi.

"O leia chest ti ddim lympiau o iâ i lawr dy gefn!" dwedais, ac fe chwarddodd pawb dros y lle, hyd yn oed Ffi, wrth i ni gofio am un cyfarfod arbennig o'r Clwb Cysgu Cŵl. Yn ystod y cyfarfod hwnnw, fe wnaethon ni fideo dwl gan feddwl ei anfon at y *Brodyr Bach*. Y Clwb Cysgu Cŵl oedd sêr y fideo, ond nid *yn hollol* fel roedden ni wedi dychmygu chwaith! Roedd yr hen bobl yn cofio am y

fideo hefyd, ac yn *dal* i swnian bob yn hyn
a hyn.

"Pa gynlluniau cyffrous sy gyda ti ar gyfer
y Clwb heno, Sara?" gofynnodd Mel.

"Wel, dwi wedi meddwl am sioe ffasiwn,"
meddai Sara.

A dyna pryd y cawson ni'r sioc.

"Bor-*ing!*" meddai Sam ar unwaith. Mae
pawb arall yn dwlu ar ddillad, ond yr unig
ddillad mae Sam yn eu hoffi yw cìt pêl-droed
Abertawe. A'r sgidiau. "Allwn ni ddim gwneud
rhywbeth arall?"

"Beth?" meddai Sara. Roedd golwg wedi
digio arni. Mae'n gallu bod mor bigog weithiau.

Cododd Sam ei hysgwyddau. "Dwi ddim yn
siŵr . . . Rhywbeth *gwahanol.* Rydyn ni'n
gwneud yr un hen bethau yn y Clwb o hyd ac
o hyd."

Syllodd pawb yn gegagored ar Sam.

"Wyt ti'n dweud bod y Clwb wedi mynd yn
ddiflas?" meddai Ffi'n ffyrnig.

"Na, dim o gwbl!" Estynnodd Sam am
dywel papur. "Mae'r Clwb yn dal yn *cŵl.* Ond
fe fyddai hyd yn oed yn fwy cŵl petaen ni'n
gwneud rhywbeth gwahanol weithiau."

"Beth?" gofynnais. "A phaid â dweud 'chwarae pêl-droed'."

"Pam lai?" meddai Sam, ac ochneidiodd pawb arall yn uchel. "Ocê, ond beth am gyfarfod yn rhywle arall? Rydyn ni wastad yn cwrdd yn ein tai."

"Be sy o'i le ar fy nhŷ i?" meddai Sara'n wyllt.

"Dim, Sara-bara!" meddai Sam ar ei thraws gan fflicio dŵr ati. Gôl! Tasgodd y dŵr i'w llygad, a gwichiodd Sara. "Ond fe gawson ni amser mor braf pan gysgon ni yn yr amgueddfa. Chi'n cofio?"

Oedden. Roedd hi'n llygad ei lle.

"Wel, beth oedd gyda ti mewn golwg?" gofynnais. "Cysgu yn Sainsbury's, neu be?"

"Ha ha, doniol iawn, Alwen." Roedd Sam yn defnyddio fy enw llawn i 'mhryfocio i. Ond y funud honno dyma Mrs Roberts yn gweiddi dros y sŵn i gyd, "Pawb i'w seddi, os gwelwch chi'n dda! Mae gen i newyddion pwysig."

Cripion ni'n ôl i'n seddi heb ddweud gair. Roedd Sam wedi rhoi ysgytwad i bawb. I fi, hyd yn oed! *Oedd* y Clwb Cysgu Cŵl yn gwneud yr un hen bethau? Wel, efallai ein bod ni, ond roedden ni'n dal i gael hwyl. O leia ro'n i'n meddwl ein bod ni . . . Na, ro'n i'n *gwybod*. Os oedd Sam yn meddwl bod y cyfarfodydd yn ddiflas, arni hi oedd y bai.

Roedd Mrs Roberts yn disgwyl yn ddiamynedd, ac yn syllu'n gas ar Rhidian Scott a Daniel McRae a oedd yn dal i daflu darnau o glai at ei gilydd.

"Nawr 'te, dwi am sôn am drip ysgol arbennig iawn ar gyfer eich blwyddyn chi," meddai, gan godi pentwr o bapurau o'i desg. "A dwi am i chi fynd â llythyr yn cynnwys y manylion adre i'ch rhieni."

Doedd neb yn dangos diddordeb mawr. Wyt ti wedi sylwi? Pan mae athrawon yn dweud bod rhywbeth yn gyffrous, dyw e ddim yn gyffrous o gwbl. Mae gyda *nhw* syniadau hollol wahanol i *ni*.

"Bydd y trip yn mynd am wythnos i'r Costa Brava," ychwanegodd Mrs Roberts.

Am funud daliodd pawb eu hanadl, ac yna ffrwydrodd y dosbarth.

"Trip i *Sbaen*!" gwichiodd Ffi. "Ffantastig!"

"Dwi'n mynd," meddai Sam yn benderfynol.

"Fe wna i unrhyw beth i berswadio Mam a Dad. Unrhyw beth! Fe fydda i'n garedig wrth Bethan Bwystfil, y chwaer fwya erchyll yn y byd, os bydd rhaid."

"Dwi'n siŵr bydd Mam yn fodlon i fi fynd," meddai Mel yn wên o glust i glust. "Wyt ti eisiau dod, Ali?"

"Am gwestiwn dwl!" gwaeddais. Dyw Mam a Dad ddim yn fentrus iawn adeg gwyliau. Rydyn ni wastad yn mynd i'r Alban, neu i Nottingham at Anti Gwen, neu i Lerpwl at Tad-cu. Am lefydd difyr ac ecsotig! "Dwi erioed wedi bod dros y môr, a dwi bron marw eisiau mynd!"

Yn sydyn sbonciodd Sam o'i sedd yn llawn cyffro. "Hei, fe allwn ni gael cyfarfod o'r Clwb yn Sbaen! Bydd fan'ny'n *fwy* cŵl na'r amgueddfa hyd yn oed!"

Wel, dyna'i gwneud hi. Roedden ni bron â gwlychu'n hunain. Roedd pawb wedi gwylltu'n lân. Wel, pawb ond un. Doedd Sara ddim yn edrych yn hapus iawn. A dweud y gwir, roedd ei hwyneb yn wyrdd ac yn afiach.

"Be sy'n bod arnat ti, Sara?" gofynnais.

"Sam, wnei di eistedd i lawr, os gweli di'n dda!" galwodd Mrs Roberts. "A byddwch yn dawel, bawb. Cyn mynd adre dwi am roi rhagor o wybodaeth am y trip i chi."

Syllon ni i gyd ar Sara, ond chawson ni ddim cyfle i ofyn iddi beth oedd yn bod, achos roedd Mrs Roberts yn ein gwylio â llygaid barcud.

"Drwy lwc, rydyn ni wedi llwyddo i gael lle mewn gwersyll gwyliau arbennig iawn," meddai. "Mae yno bwll nofio, a phob math o adloniant, ac mae'n agos i'r môr ar y Costa Brava. Ond mae'n wahanol i wersylloedd eraill, achos mae plant o bob rhan o Ewrop yn dod yno i gwrdd â'i gilydd . . ."

Dwedodd Mrs Roberts bod hwn yn gyfle gwych i ni gwrdd â phlant o wledydd eraill a dysgu am eu diwylliant a'u hiaith ac yn y blaen, ac yn y blaen, ond doedd neb yn gwrando. Roedden ni i gyd yn rhy brysur yn gwenu a chodi bawd ar ein gilydd. Roedd popeth yn swnio mor wych. Costa Brava, haul braf *a* thywod braf *a*'r Clwb Cysgu Cŵl brafia'n y byd. Am rysáit berffaith! Felly allwn i ddim deall pam oedd Sara'n edrych fel petai hi'n gorfod bwrw'r Sul yn Birmingham yng nghanol y glaw gyda'r M&Ms.

"Yn anffodus, does dim llawer o le. Dim ond un deg pump person fydd yn gallu mynd. Felly," meddai Mrs Roberts, gan ddosbarthu'r llythyron wrth i'r gloch ganu, "os oes gyda chi ddiddordeb, gwell i chi dod â'r ffurflenni a'r blaendal i fi y peth cynta fore dydd Llun. Mwynhewch y penwythnos."

"Beth amdanat ti, Sara?" gofynnodd Ffi'n ofidus wrth i ni godi'n bagiau. "Rwyt ti *yn* dod, on'd wyt ti?"

"*Wrth gwrs* ei bod hi!" meddai Sam ar ei thraws, gan daflu ei braich am ysgwydd Sara. "Allwn ni ddim cael cyfarfod o'r Clwb yn Sbaen os nad yw pawb yno."

Edrychodd Sara'n fwy diflas fyth. "Dwi ddim yn meddwl y medra i ddod. Fedr Mam ddim fforddio."

Edrychodd pawb ar ei gilydd mewn braw. Fyddai'r Clwb ddim 'run fath os nad oedd *pawb* yn gallu mynd.

"Wel, beth am dy dad?" awgrymodd Sam. "Rwyt ti wastad yn achwyn ei fod e'n mynd am wyliau gyda'i gariad, er ei fod e wedi addo mynd â ti. Betia i ti y bydd e'n fodlon talu."

"Dwi ddim eisiau gofyn iddo," sibrydodd Sara, a dyma hi'n troi ac yn dianc o'r stafell cyn i ni allu ei rhwystro.

"Wel, mae hynna'n mynd i sarnu popeth!" dwedais yn grac. Wrth gwrs, fe allai pawb arall fynd ar y trip, ond allen ni ddim cael cyfarfod go iawn o'r Clwb heb Sara, allen ni?

"Pan fyddwn ni'n cwrdd heno, falle gallwn ni'i pherswadio hi i ofyn i'w thad," awgrymodd Mel, a nodiodd pawb. Roedd yn rhaid i ni wneud rhywbeth, a hynny ar frys, neu dyna ddiwedd ar ein breuddwyd ni. Fyddai yna ddim cyfarfod o'r Clwb Cysgu Cŵl yn Sbaen!

PENNOD DAU

"Mam!" gwaeddais yn syth ar ôl cyrraedd adre. "Ga i fynd i Sbaen?"

Roedd Mam yn gweithio ar y cyfrifiadur yn y stydi, ac edrychodd yn syn pan redais i mewn a chwifio'r llythyr o dan ei thrwyn.

"*Sbaen* ddwedest ti, Ali?"

"Ie, mae trip yr ysgol yn mynd i'r Costa Brava." Rhois i'r llythyr iddi, a neidio'n ddiamynedd o un droed i'r llall tra oedd hi'n ei ddarllen. "Ga i fynd?"

"Wel, mae'n edrych yn eitha diddorol," meddai Mam yn feddylgar. "Mae'n dweud bod cyfle i chi gwrdd â phlant eraill o Ewrop, a dysgu am eu diwylliant."

"Ie, ie, ie," snwffiais. Bor-*ing!* Doedd gen i

ddim diddordeb o gwbl yn hynny. "Be ti'n ddweud 'te, Mam? Ga i fynd?"

Edrychodd Mam arna i dros ei sbectol. "Siŵr o fod, os bydd dy dad yn fodlon."

"*Ieee!*" Taflais fy mreichiau amdani. "Diolch, Mam!"

"Beth am y lleill? Ydyn nhw'n mynd hefyd?"

"Ydyn." Ddwedais i ddim gair am Sara'n gwylltu, achos ro'n i'n eitha siŵr y gallen ni ei pherswadio i ofyn i'w thad am arian.

"Druan â'r Sbaenwyr. Dydyn nhw ddim yn gwybod beth sy o'u blaenau," meddai Mam, gan droi'n ôl at y cyfrifiadur.

Rhuthrais allan i'r cyntedd, cydio'n y ffôn a deialu rhif Sam. Byddwn i'n ei gweld hi ymhen awr neu ddwy yn nhŷ Sara, ond allwn i ddim aros tan hynny. Roedd gen i newyddion da!

"Helô?"

Ro'n i'n siŵr mai Sam oedd ar y lein, felly dyma fi'n canu ar dop fy llais: "*O, ie! Dwi ar fy ffordd i Sbaen! Y viva España!*"

Am funud roedd tawelwch.

"Rwyt ti eisiau siarad â Sam, dwi'n meddwl," meddai llais oer Bethan Bwystfil. Clywais i hi'n gollwng y ffôn ar y ford ac yn

19

martsio ar hyd y pasej. Cyn hir cododd Sam y ffôn. Roedd hi'n chwerthin dros y lle.

"Ali, beth ddwedest ti wrth y Bwystfil? Mae hi mor sur â lemwn."

"Ti'n gwbod be?" gwaeddais. "Mae Mam yn dweud y ca i fynd ar y trip!"

"Cŵl!" gwaeddodd Sam yn falch. "A fi! Mae'r Bwystfil mor grac! Mae ei hwyneb hi 'run lliw â Dipsi Teletybi! Waw! Cer o 'ma, Bethan!"

Arhosais ar bigau'r drain tra oedd Sam a Bethan yn ymladd ar ben arall y ffôn.

"Sam!" gwaeddais o'r diwedd. "Rho'r ffôn i lawr. Dwi eisiau ffonio Ffi!"

"Fe ffonia i Mel 'te. Bethan, dwi'n mynd i dy ladd di!" A dyma glec arswydus wrth i Sam roi'r ffôn i lawr.

"Wrth *gwrs* 'mod i'n mynd!" meddai Ffi pan ffoniais i hi. "A Mel hefyd. Dwi newydd ei ffonio hi. Nawr rho'r ffôn i lawr achos dwi'n mynd i ffonio Sam."

Tra oedd Ffi'n ffonio Sam, ffoniais i Mel.

"Felly mae pawb yn mynd!" meddai Mel yn falch. "Heblaw Sara . . ."

"Wel, rhaid i ni ei pherswadio hi pan awn ni

draw heno." Edrychais ar y cloc. "O, na! Bydda i'n hwyr!"

"A fi," meddai Mel. "Wela i di cyn bo hir."

Rhedais lan stâr a dechrau taflu pethau i mewn i'r bag Clwb. Fel arfer dwi wrthi am oesoedd yn pacio fy mag, ond roedd heno'n wahanol. Ro'n i mor gynhyrfus! Allwn i ddim credu 'mod i'n mynd dros y môr o'r diwedd. Roedd Ffi byth a hefyd yn sôn am Tenerife a Florida a Lanzarote a phob math o lefydd. Roedd y lleill wedi bod ar wyliau tramor hefyd, a dwi ddim yn hoffi cael fy ngadael allan.

"Brws dannedd, dyddiadur, cerdyn Clwb, pyjamas, slipers." Ro'n i'n mwmian dan fy anadl, pan ddaeth Mam i mewn.

"Stopia, Ali!" meddai. "Mae Mrs Murray newydd ffonio. Dyw Sara ddim yn teimlo'n dda, felly fydd 'na ddim Clwb Cysgu Cŵl heno."

"Be?" Sbonciais o'r gwely i'r llawr. "Ond roedd hi'n iawn yn yr ysgol heddi."

Cododd Mam ei hysgwyddau ac allan â hi, ond ro'n i'n teimlo'n amheus iawn. Dyna beth od bod Sara'n teimlo'n sâl, a hithau'n gwybod ein bod ni am dreulio noson gyfan yn ceisio'i

21

pherswadio i ddod gyda ni i Sbaen. Felly rhedais lawr stâr a ffonio Sam.

"Dwi'n gwbod. Mae 'na ryw ddrwg yn y caws!" meddai Sam ar ôl i fi gael gafael arni. "Betia i di nad oes dim byd yn bod arni. Dwi newydd siarad â Ffi, ac mae hithau'n meddwl bod Sara'n esgus."

"Dwi ddim yn deall," dwedais yn syn. "Beth yw'r broblem?"

"Dim syniad, ond fyddwn ni fawr o dro'n cael gwbod," meddai Sam. "Dwi'n meddwl y dylen ni i gyd fynd draw heno ta beth. Alli di gwrdd â ni ymhen hanner awr?"

Ffi oedd yn byw agosaf at Sara, felly fe benderfynon ni gwrdd yn ei thŷ hi. Roedd y lleill yno'n barod pan neidiais i allan o gar Mam, ac i ffwrdd â ni ar unwaith i dŷ Sara.

"Dwi ddim yn gwbod pam mae Sara'n mynnu bod mor od," cwynodd Sam. "Mae fel petai hi ddim *eisiau* mynd i Sbaen!"

"Pam mae hi'n pallu gofyn i'w thad am arian?" meddai Mel. "Dwi'n siŵr bod gyda hi reswm da. Druan â Sara! Dwi'n teimlo –"

"Trueni mawr drosti!" meddai pawb gyda'i gilydd.

"Allwn ni ddim cael cyfarfod go iawn o'r Clwb yn Sbaen os na fydd Sara yno," meddai Ffi'n drist, wrth i ni gerdded at ddrws ffrynt tŷ Sara.

"Fe fydd hi'n dod," meddai Sam yn bendant, a chanu'r gloch. "Hyd yn oed os bydd rhaid i ni ei chario hi at yr awyren!"

"Dwi eisiau dysgu sut i ddawnsio fflamenco," dwedais. "Ydych chi'n meddwl y cawn ni gyfle, pan fyddwn ni yn Sbaen?"

"O, cŵl!" meddai Ffi. "Dwi'n dwlu ar ffrogiau mawr llaes y dawnswyr."

"Ro'n i'n meddwl bod fflamenco'n anodd," meddai Mel.

"Paid â bod yn ddwl!" wfftiodd Sam. "Rwyt ti'n curo dy ddwylo a symud dy draed fel hyn, dyna i gyd." A dyma hi'n dechrau curo'i dwylo, curo'i thraed ar y llawr, a throi mewn cylch gan weiddi "*Olé!*"

"Gwylia, Sam!" meddai Ffi mewn braw wrth i Sam droi'n gyflymach.

Yn sydyn fe gafodd Sam y bendro; simsanodd, a chwympo ar ei phen i lwyn mawr trwchus ger y drws ffrynt. Chwarddon ni i gyd nes oedden ni'n wan. Roedd hi'n dal i dynnu dail o'i gwallt pan agorodd mam Sara'r drws.

"O – helô!" meddai, gan edrych arnon ni'n syn. "Doeddwn i ddim yn eich disgwyl chi."

"Rydyn ni wedi dod i weld sut mae Sara," eglurais.

"Ydyn, a rydyn ni eisiau gwbod a yw hi'n cael dod ar drip yr ysgol i Sbaen," meddai Sam yn eiddgar. "Mae *pawb* arall yn mynd."

"O?" Edrychodd Mrs Murray yn fwy syn fyth. "Dydy hi ddim wedi sôn gair wrtha i. Ond os ydy hi am fynd, dwi'n siŵr y bydd ei thad yn fodlon talu."

Edrychon ni i gyd ar ein gilydd. Dim prob, 'te. Felly pam oedd Sara'n ymddwyn mor od? Roedd e'n rhyfedd iawn.

"Mae Sara'n y gwely. Ewch i fyny'r grisiau." Arweiniodd Mrs Murray ni i mewn i'r tŷ. "Mae ganddi dipyn o gur pen, felly peidiwch â chadw gormod o sŵn."

Aethon ni i gyd lan stâr, gan gadw mor dawel ag y gallen ni, ond doedd hynny ddim yn hawdd, achos doedd yna ddim carped. Mae tŷ Sara'n brìl – mae e'n fawr gyda digonedd o stafelloedd, ond mae e mewn cyflwr gwael.

Adeiladydd yw tad Sara. Roedd e wedi prynu'r tŷ gan feddwl ei ail-wneud, ond wedyn aeth i ffwrdd i fyw gyda'i gariad. Roedd e *i fod* i orffen y gwaith, ond doedd e ddim wedi cael llawer o hwyl arni. Roedd Sara'n cwyno byth a hefyd ynghylch cyflwr y lle.

Safon ni y tu allan i stafell Sara, ac fe rois i gnoc fach ysgafn ar y drws. Dim ateb.

"Falle'i bod hi'n cysgu," sibrydodd Mel.

"Dim byth," snwffiodd Sam. "Does dim byd yn bod arni. Rydyn ni'n *gwbod* hynny." A dyma hi'n gwthio'r drws led y pen ar agor.

Sylwodd Sara ddim ar unwaith. Roedd hi'n dawnsio o gwmpas y stafell yn ei phyjamas tedi-bêr gyda Walkman yn ei llaw a chlust-ffonau am ei phen. Roedd hi'n esgus canu ar *Popty*.

Plethon ni ein breichiau a syllu arni, nes o'r diwedd trodd Sara. Pan welodd hi ni yn y drws, buodd hi bron â marw o sioc.

"B . . . Beth ydych chi'n wneud fan hyn?" gwichiodd, gan dynnu'r clustffonau.

"Rydyn ni wedi dod i weld ein ffrind sy'n sâl iawn," meddai Sam yn goeglyd. "Ble mae hi, tybed?"

Cochodd Sara. "Ocê," snwffiodd yn swil. "Dydw i ddim yn sâl go iawn."

"Wel, pwy fyddai'n meddwl?" meddai Sam yn bigog. "Be sy'n bod 'te?"

Syllodd Sara ar ei slipers pinc blewog. "Doeddwn i ddim eisiau cael cyfarfod o'r Clwb, achos doeddwn i ddim eisiau gwrando arnoch chi'n parablu am Sbaen drwy'r nos."

"Ond beth yw'r broblem?" gofynnais yn syn. "Mae dy fam yn dweud y bydd dy dad yn fodlon talu."

Cochodd Sara'n waeth byth. "Dwi erioed wedi bod mewn awyren o'r blaen!" meddai. "Mae gen i ofn!"

"Dyna i gyd!" meddai Sam, ond fe gaeodd ei cheg ar ôl i fi roi proc iddi.

"Ond dwedest ti dy fod ti wedi bod dros y môr," meddai Ffi mewn penbleth.

"Aethon ni ar y fferi," mwmianodd Sara'n drist, "a doeddwn i ddim yn hoffi hynny ryw lawer."

"Dwi erioed wedi bod ar awyren chwaith, Sara," dwedais i godi ei chalon. "Bydda i'n gwlychu fy hunan hefyd, siŵr o fod. Paid â phoeni."

26

"A dim ond unwaith ydw i wedi hedfan," ychwanegodd Mel. "Ond dyw e ddim cynddrwg â hynny."

"Ond dwi'n casáu teimlo'r awyren yn codi i'r awyr," meddai Ffi gan grynu. "Chi'n gwbod, pan fyddwn ni'n gadael y llawr. Mae cymaint o sŵn a dwi'n teimlo'n sâl a –"

Syllais i a Sam a Mel yn gas arni.

"Ond heblaw hynny, mae'n wych. Wir!" meddai Ffi ar unwaith.

Roedd Sara'n dechrau edrych yn hapusach.

"Dwi eisiau dod, wir," meddai. "Ond dwi'n teimlo'n nerfus, dyna i gyd."

"Bydda i a Mel yn cydio yn dy law di," dwedais. "Ac os byddi di'n sâl, byddwn ninnau'n sâl hefyd, i gadw cwmni i ti."

Dechreuodd Sara chwerthin. "Wel, gwell i fi fynd i ffonio Dad," meddai.

"*Ie-e-e!*" neidiodd Sam ar ei thraed a dyrnu'r awyr. "Mae'r Clwb Cysgu Cŵl ar ei ffordd i Sbaen!"

PENNOD TRI

"*Zanahoria*," dwedais, gan edrych ar y geiriadur Sbaeneg unwaith eto. "Beth yw ystyr hwnna?"

Ochneidiodd y lleill. Roedden ni a phawb arall yn eistedd yn yr awyren, yn barod i fynd i'r Costa Brava. Roedd Mel a fi'n eistedd gyda Sara, i fod yn gefn iddi, ac roedd Sam a Ffi yr ochr draw i ni. Roedd pawb mor gyffrous, roedden ni wedi gwylltu'n lân, ac yn gyrru Mrs Roberts a Miss Llwyd, yr athrawes arall, yn wallgo. Roedden nhw'n rhedeg lan a lawr yr eil, i wneud yn siŵr nad oedd neb wedi ei adael ar ôl yn siop y maes awyr.

"Ali, rwyt ti a'r hen eiriadur 'na wedi bod

yn ein gyrru ni'n bananas ers wythnosau!"
Edrychodd Sam yn ffyrnig arna i. "Gad lonydd,
wnei di!"

"O dere 'mla'n, paid â bod yn fabi!"
atebais. "Mae'n rhaid i ni wneud ymdrech i
ddysgu'r iaith."

"Pam?" gofynnodd Ffi, gan gau ei gwregys
diogelwch. "Mae digon o bobl yn Sbaen yn
siarad Saesneg."

"Dyw hynny'n gwneud dim gwahaniaeth."
Ochneidiais. "Dewch, dyfalwch beth yw ystyr
zanahoria."

"Ysgol?" awgrymodd Sara.

"Awyren," cynigiodd Mel.

"Ffŵl dwl sy'n pallu cau ei cheg?" meddai
Sam yn bigog.

"Ha ha. Nage. *Zanahoria* yw'r gair Sbaeneg
am foronen."

"O, diolch yn dalpe mawr blewog!" atebodd
Sam. "Mae hynna mo-o-o-o-or ddefnyddiol."

Roedd Sara'n chwilota yn y boced ar gefn y
sedd o'i blaen.

"I beth mae hwn yn dda?" gofynnodd, gan
dynnu bag papur allan.

"Beth wyt *ti'n* feddwl?" Gwenodd Sam.

"Ydyn nhw'n rhoi *bag* i chi?" Tynnodd Sara wyneb hyll. "Dyna beth iychi!"

"Byddai'n fwy iychi petaen nhw *ddim* yn rhoi bag i ti!" meddai Ffi, a dechreuodd pawb giglan.

"Iawn," dwedais, gan fodio drwy'r geiriadur eto. "Beth yw hwn? *Conejo*."

"Dim cliw," meddai Mel yn flinedig.

"Dim syniad," meddai Sara.

"Cwningen!" dwedais yn bwysig.

"O, ffantastig," meddai Sam. "Felly os cwrdda i â *conejo* ar y Costa Brava, galla i ofyn ydy hi eisiau *zanahoria*."

"Popeth yn iawn, ferched?" Safodd Mrs Roberts yn ein hymyl. Roedd hi'n edrych tua deg miliwn gwaith yn fwy gofidus nag arfer. "Nawr, ydych chi'n siŵr bod eich bagiau llaw i gyd gyda chi?"

"Ydyn, Miss," atebodd pawb. Roedden ni'n cario ein Cit Cysgu Cŵl yn ein bagiau llaw, gan gynnwys dyddiadur a cherdyn aelodaeth. Yn ein dyddiaduron rydyn ni'n cofnodi cyfrinachau mwya pwysig a phreifat y Clwb Cysgu Cŵl, felly doedden ni ddim am golli *rheiny* ar unrhyw gyfri.

"Da iawn. Nawr dwi am i chi fod ar eich gorau bob amser," meddai Mrs Roberts. A dyma hi'n dechrau pregethu unwaith eto. Roedden ni wedi clywed yr un hen bregeth yn yr ysgol bob dydd ers wythnosau. "Cofiwch, pan fyddwch chi yn Sbaen, rydych chi'n cynrychioli Cymru, ac rydyn ni am i bobl gael argraff dda – nid yn unig o'n gwlad, ond hefyd o'n hysgol . . ."

Fe wnaethon ni'n gorau i beidio ag agor ein cegau'n gysglyd. Roedd Sam yn esgus gwrando, ond yn ddistaw bach roedd hi wedi tynnu can o Coke o'i phoced, ac yn trio'i agor heb i Mrs Roberts sylwi.

". . . felly cofiwch bob amser eich bod yn cynrychioli Cymru – Aaaa!" sgrechiodd Mrs Roberts, a swatiodd pawb yn eu seddi wrth i'r can agor a thasgu cawod o Coke dros bobman.

"Mae'n ddrwg gen i, Miss!" gwichiodd Sam. "Roedd y can wedi ysgwyd!"

Wrth ei golwg, roedd Mrs Roberts bron â marw eisiau cydio yn Sam a'i hysgwyd *hi*.

"Cofia beth ddwedais i, Helen," meddai'n fygythiol ac i ffwrdd â hi, gan sychu ei hwyneb.

"Waw, galwodd hi fi'n Helen!" meddai Sam gan estyn y can o gwmpas. "Mae hynny'n meddwl ei bod hi'n wyllt *gacwn*."

"Nawr mae Rhidian Scott yn ei chael hi," meddai Mel. "Welest ti'r bar enfawr o siocled brynodd e yn y maes awyr? Wel, mae e wedi bwyta ei hanner yn barod."

"Gwell i ni roi benthyg ein bagiau papur iddo," meddai Sam. "Rwyt ti'n falch bod Rhidian ar y trip, on'd wyt ti, Ffi?"

Cochodd Ffi. Mae hi'n ffansïo Rhidian ers oesoedd.

"Wel, o leia mae e'n well na'r M&Ms!" atebodd yn swta.

Gwenodd pawb ar ei gilydd. Doedd yr M&Ms ddim ar y trip, achos roedd Emma Davies yn absennol pan ddosbarthwyd y ffurflenni. Doedd Emily Mason ddim eisiau dod heb Emma, felly dim ond Alana Banana oedd yno i'n poeni ni. Ac fel dwi wedi dweud o'r blaen, sdim ots amdani hi.

Yn sydyn dechreuodd yr awyren symud, ac eisteddais i lan yn syth. "I ffwrdd â ni!"

Gwaeddodd ein criw ni "Hwrê" a tharo dwylo'i gilydd, wrth i'r awyren symud yn araf at y rhedfa. Roedd Mel yn gwneud ei gorau i weiddi ac yfed Coke ar yr un pryd, felly, wrth gwrs, fe gafodd hi'r ig, ac roedd yn rhaid i un o'r stiwardesau ddod â gwydraid o ddŵr iddi.

"Be sy'n digwydd rŵan?" gofynnodd Sara'n wichlyd, pan atseiniodd llais dros yr uchel-seinydd a dweud wrthon ni am wylio'r stiwardesau'n ofalus.

"Maen nhw'n mynd i ddangos i ni beth i'w wneud os bydd yr awyren yn disgyn," meddai Sam a'i cheg yn llawn siocled.

"Be!" Aeth Sara'n wyn fel y galchen.

"Paid â gofidio," dwedais wrthi, pan ddangosodd y stiwardés agosa sut i wisgo siaced achub. "Byddwn ni'n iawn."

Safodd yr awyren am foment ar ben y rhedfa. Rhuodd y peiriannau'n uchel, a chaeodd Sara ei llygaid wrth i'r awyren gyflymu.

"Dwi eisiau mynd adre," sibrydodd.

Rhuthrodd yr awyren yn ei blaen ac yna, a ninnau'n meddwl na chodai hi byth, i fyny â hi gan godi'n uwch ac yn uwch bob munud.

"Hei! Doedd hynna ddim yn ddrwg!" meddai Sara'n falch. Pwysodd dros Mel a oedd yn eistedd wrth y ffenest, ac edrychodd i lawr. "Waw! Sbia ar y maes awyr, Ali. Mae'n edrych mor fach!"

Atebais i ddim. Ro'n i'n gorwedd yn fy sedd a'm llygaid ar gau, yn crynu drosta i, ac yn teimlo fel petawn i wedi gadael fy stumog ar ôl ar y ddaear.

"Hei, Ali," galwodd Sam dros yr eil, "beth yw 'salwch awyr' yn Sbaeneg?"

"Ca' dy ben, Sam," mwmianais, gan deimlo fy mol yn troi tin-dros-ben bum gwaith wrth i'r awyren ddal i ddringo.

Er i fi ddechrau teimlo'n well wedi i ni gyrraedd uwchben y cymylau, roedd y siwrnai'n eitha diflas achos doedd dim i'w weld. Y darn gorau oedd pan ddaeth y stiwardesau â bwyd, er doedd hwnnw ddim cystal â bwyd y Clwb Cysgu Cŵl hyd yn oed. Ro'n i'n teimlo fel petawn i wedi bod yn hedfan am oesoedd, pan ddwedodd y Capten o'r diwedd ein bod ni'n glanio yn Sbaen.

"Rydyn ni wedi cyrraedd! Rydyn ni wedi cyrraedd!" gwaeddodd Sara gan sboncio yn ei sedd.

"Hei, gan bwyll!" dwedais mewn braw. "Paid â siglo'r awyren pan mae'n glanio!"

Dechreuodd y lleill chwerthin.

"Beth yw'r gair Sbaeneg am 'twpsen', Ali?" gofynnodd Ffi gan bwffian chwerthin, a thaflais i'r geiriadur ati.

Roedd glanio'n well o lawer na chodi i'r awyr, a phan gamais i o'r awyren, allwn i ddim credu 'mod i yn Sbaen. Roedd hi'n dywyll, felly allen ni ddim gweld rhyw lawer, ond er bod yr awyr yn dwymach na'r awyr gartre, roedd y maes awyr ei hun yn go debyg i faes awyr Caerdydd.

Fe fuon ni'n aros am amser hir am ein bagiau. Cafodd Sam bryd o dafod gan Mrs Roberts am drio cael reid ar yr olwyn fagiau. Yna, o'r diwedd, dyma ni i gyd yn tyrru allan o'r maes awyr ac i mewn i fws mini. Ond fe ges i siom *arall*, achos doedd dim byd newydd i'w weld ar y daith. Dim ond hewlydd a rhesi o geir.

"Dyw'r lle 'ma ddim gwahanol i Abertawe," dwedais yn drist iawn wrth Ffi.

"Does dim coed palmwydd yn Abertawe!" meddai Ffi.

"Ocê, *heblaw* am y palmwydd."

Syrthiodd Mel a Sara i gysgu, ac roedd

pawb arall yn cael trafferth i gadw ar ddihun, ond pan gyrhaeddon ni'r pentref gwyliau, eisteddodd pawb lan ac edrych o gwmpas.

Roedd e'n *wych*. Roedd yna lifoleuadau, felly gallen ni weld y cabanau cysgu bob ochr, a'r pwll nofio enfawr yn y canol gyda dwy sleid ddŵr a llithren a chadeiriau cynfas o'i gwmpas. Roedd yno neuadd chwaraeon hefyd, cyrtiau tennis, bowlio dan do a ffair fach. Roedd ein llygaid bron â neidio o'n pennau.

"Mae'r lle 'ma'n *ffab!*" gwaeddodd Sam, a dyma ni i gyd yn baglu dros ein gilydd wrth ruthro o'r bws. "Fe gawn ni amser ardderchog!"

Roedden ni wedi stopio o flaen un o'r cabanau cysgu, yn ymyl bws arall. Roedd criw o blant yn disgyn o'r bws ac yn disgwyl am eu bagiau. Roedden nhw'n edrych fel Sbaenwyr.

"Nawr 'te, dewch ata i, os gwelwch chi'n dda," galwodd Mrs Roberts a chwifio clipfwrdd, wrth i'n gyrrwr ni ddechrau dadlwytho'r bagiau. "Dyma rifau eich stafelloedd, felly gwrandewch yn ofalus. Meleri Dafydd, Sara Murray a Ffion

Sidebotham – rhif saith. Alwen Tomos, Helen Samuel ac Alana Palmer – rhif deuddeg . . ."

"Dydyn ni ddim yn yr un stafell!" llefodd Sara mewn braw. "Sut ydyn ni'n mynd i gael cyfarfod o'r Clwb a ninnau mewn stafelloedd gwahanol?"

"Bydd rhaid i fi a Sam gripian i mewn i'ch stafell chi," dwedais.

"Ond byddwn ni'n rhannu â'r hen Alana Banana!" ochneidiodd Sam.

"Paid â phoeni am Alana. Fe fyddwn ni'n ei hanwybyddu, jest fel arfer –" dwedais. Ond doedd Sam ddim yn gwrando.

"Hei, mae'r ferch 'na wedi dwyn fy mag i!" gwaeddodd. A'r eiliad nesaf roedd hi'n rhedeg draw at un o'r Sbaenwyr oedd wedi disgyn o'r bws arall. Rhedais ar ei hôl. Roedd y ferch yn gwisgo crys pêl-droed Real Madrid ac yn cerdded i mewn i'r caban gyda phedair merch arall. Roedd hi'n cario bag Adidas glas Sam.

"Sam! Beth ar y ddaear sy'n bod?" Brysiodd Mrs Roberts draw, pan welodd hi Sam yn trio tynnu'r bag o law'r ferch.

"Fy mag i yw e, Miss!" gwaeddodd Sam.

Roedd hi a'r ferch o Sbaen yn tynnu am y gorau.

"Paid!" meddai'r ferch yn swta yn Saesneg, gan edrych yn ddig ar Sam. "Fy mag i yw hwn!"

"Nage! Rho fe'n ôl!" Tynnodd Sam yn galetach.

"Ym – Sam . . ." Brysiodd Ffi aton ni. Roedd ganddi fag Adidas glas yn ei llaw. "Dwi'n meddwl mai *hwn* yw dy fag di. Mae'r gyrrwr newydd ei dynnu allan o gefn y bws."

"Gwell i ti ymddiheuro, Sam," meddai Mrs Roberts yn llym, gan fynd â'n gadael ni.

"Mae'n ddrwg gen i," mwmianodd Sam wrth y Sbaenes, a oedd yn syllu'n gas arni. A'i ffrindiau hefyd.

"Popeth yn iawn," meddai'r Sbaenes yn bigog. "Mae pawb yn gwybod bod pobl o Brydain yn stiwpid!" Edrychodd ar grys Sam, ei chrys pêl-droed Abertawe. "Ac mae'r timau pêl-droed yn ofnadwy!"

"Beth!" Caeodd Sam ei dyrnau. Giglodd y merched ac aethon nhw i mewn i'r adeilad, gan glebran yn Sbaeneg.

Gwylion ni nhw'n mynd a'n hwynebau'n biws.

"Yr hen drwynau bach cas!" meddai Sara.

"Gwell iddyn nhw gadw o'n ffordd ni!" meddai Sam yn chwyrn.

Ond ti'n gwybod be? Ro'n i'n siŵr y bydden ni'n cwrdd â nhw eto . . .

PENNOD PEDWAR

"O, mae hwn yn *bril!*" gwaeddais, pan es i a Sam mas ar y balconi ac edrych ar y gwersyll gwyliau. Er ei bod hi'n go gynnar yn y bore, roedd yr haul yn gynnes a'r awyr yn las. Gallen ni weld y môr yn y pellter. O'r diwedd ro'n i'n dechrau teimlo 'mod i yn Sbaen.

"Ffab-o," cytunodd Sam, gan hanner-cau ei llygaid rhag y golau llachar. "Hei, glywest ti Alana Banana'n chwyrnu neithiwr? Roedd hi'n swnio fel llyffant mawr!"

"Paid â bod mor gas wrth lyffantod mawr!" chwarddais. "Dere i ni nôl ein pethau a mynd i'r stafell 'molchi cyn iddi hi ddihuno."

Cerddon ni'n ôl i'r stafell ar flaenau'n traed. Roedd y stafell mor fach, doedd dim lle i fwy na thri gwely ac un cwpwrdd dillad. Cipion ni'n tywelion a'n brwsys dannedd, ac i ffwrdd â ni gan adael Alana Banana'n chwyrnu. Roedden ni un pen i'r coridor hir ac roedd Ffi, Sara a Mel y pen arall, felly brysion ni i'w stafell nhw a churo ar y drws. Newydd ddechrau codi oedden nhw.

"Dewch 'mlaen, y diogiaid!" meddai Sam, gan wthio'i phen drwy'r drws. "Os 'molchwn ni a gwisgo'n gyflym, gallwn ni fynd mas am sgowt."

"Dwedodd Mrs Roberts wrthon ni am beidio mynd i unman cyn brecwast, –" meddai Ffi, ond cydiodd Sam yng ngobennydd Sara a'i luchio ati.

"O, paid â bod yn hen grafwr bach, Ffi! Dere!"

Ymhen dwy funud roedden ni i gyd yn y stafell 'molchi. Doedd neb arall yno, felly fe gawson ni gawod yr un.

"Beth fyddwn ni'n wneud heddi? Oes rhywun yn gwbod?" galwodd Sam dros sŵn y dŵr yn rhedeg.

"Dwedodd Mrs Roberts ein bod ni'n mynd i'r traeth!" atebodd Sara.

"Gwych!" dwedais, gan gydio'n y tywel a sychu fy hun. "Gobeithio na welwn ni'r merched snobyddlyd 'na o Sbaen."

"Wel, os gwnawn ni," meddai Sam yn chwyrn, "dwi'n mynd i roi llond pen iddyn nhw."

"Dwedodd Mrs Roberts wrthon ni am fod yn ffrindiau â phlant o wledydd eraill," meddai Ffi.

"Dim os ydyn nhw'n bosi, yn bowld ac yn boen!" atebodd Sam.

Agoron ni ddrysau'r cawodydd ac allan â ni. Yna stopiodd pawb yn stond. Roedd y pump Sbaenes yn sefyll yno yn eu pyjamas, a'u tywelion a'u brwsys dannedd yn eu dwylo, yn syllu'n gas arnon ni.

Sam gafodd ei gwynt ati gynta. "Unrhyw broblem?" meddai'n sionc yn Saesneg.

Camodd y ferch oedd biau'r bag Adidas ymlaen, wedi gwylltu'n lân. "Oes," meddai. "Ti."

"*Ten cuidado*, Maria," meddai'r ferch dalaf. Roedd ganddi gynffon o wallt hir du.

"Bydd yn ofalus, Sam," dwedais innau ar yr un pryd.

Chymerodd Sam a Maria ddim sylw.

"Fi, ife?" Camodd Sam ymlaen hefyd a syllu i fyw llygaid Maria. "Wel, caws caled!"

"Gan bwyll, Sam," dwedais, gan gydio'n dynn yn ei braich. "Dere. Mas â ni." A rhwng y pedair ohonon ni fe lwyddon ni i'w llusgo allan i'r coridor.

"Pam tynnoch chi fi mas?" meddai Sam yn grac. "Ro'n i'n mynd i'w llorio hi!"

"Dyna'r union reswm pam," meddai Sara. "Wyt ti am i Mrs Roberts ffrwydro?"

Yn sydyn dechreuodd Sam wenu o glust i glust. "Arhoswch eiliad," sibrydodd, ac yn ôl â hi i'r stafell 'molchi ar flaenau'i thraed. Roedd y merched yn y gawod. Symudodd Sam yn dawel o un gawod i'r llall nes gwelodd hi byjamas coch Maria'n hongian dros un o'r drysau. Estynnodd Sam ei llaw, cydiodd ynddyn nhw a'u taflu drwy'r ffenest agored.

"Ay! Mi pijama!" Clywson ni Maria'n gweiddi'n wyllt o'r gawod, ond arhoson ni ddim i weld beth ddigwyddodd nesa. Rhedon ni'n ôl i'n stafelloedd gan chwerthin dros y lle.

"Dyna wers iddi!" Giglodd Sam wrth i ni sgrialu i stop y tu allan i ddrws Ffi, Sara a Mel. "Eitha reit â hi!"

"Rydych chi i gyd wedi codi'n gynnar, dwi'n gweld!" Agorodd drws y stafell nesa a daeth Mrs Roberts allan. "Brecwast mewn deg munud, cofiwch."

"O, iych-pych!" sibrydais wrth y lleill ar ôl i Mrs Roberts fynd i ffwrdd. "Doeddwn i ddim yn gwbod ei bod hi yn y stafell drws nesa i chi. Os cawn ni gyfarfod o'r Clwb nawr, bydd hi'n clywed popeth!"

"Ti'n iawn," cytunodd Sam. "Allwn ni ddim cael cyfarfod yn ein stafell ni chwaith, o achos Alana Banana."

"Falle sylwith Alana ddim. Mae hi mor ddwl," meddai Mel yn obeithiol.

"Ond byddai'n rhaid i ni wrando arni'n chwyrnu!" dwedais. "Na, rhaid i ni gael y cyfarfod yn eich stafell chi, a gobeithio na fydd Mrs Roberts yn sylwi."

"Dewch i ni wisgo a mynd i gael brecwast." I ffwrdd â Sam ar hyd y coridor i'n stafell ni. "Dwi'n llwgu."

Roedd y ffreutur mewn neuadd fawr eang drws nesa i'n caban cysgu ni. Roedd y rhan fwyaf o'n ffrindiau yn eistedd wrth y byrddau hir yn barod, a'r athrawon hefyd. Aethon ni i nôl grawnfwyd a thost, a mynd atyn nhw.

"Ble mae Alana, Ali?" gofynnodd Mrs Roberts yn ofidus.

"Nawr mae hi'n codi, Miss," atebais. "Wel, mae hi wedi agor ei llygaid."

Eisteddon ni i lawr a dechrau bwyta'n awchus.

"Nawr 'te, bawb, byddwn ni'n cwrdd o flaen drws ein caban mewn hanner awr union," cyhoeddodd Mrs Roberts. "Mae gyda ni weithgareddau cyffrous iawn ar eich cyfer chi ar y traeth bore 'ma, ac fe gewch gyfle i gwrdd â rhai o'r plant eraill sy'n aros yma."

Ochneidiodd Sam. "O, grêt! Dwi bron â *marw* eisiau treulio'r bore gyda'r merched erchyll o Sbaen!"

"Tybed a gafodd Maria ei phyjamas yn ôl?" dwedais gan chwerthin.

Yr eiliad honno, dyma Maria a'i ffrindiau'n cerdded i mewn i'r ffreutur. Fe sylwon nhw arnon ni ar unwaith, ond yn lle edrych yn gas, dechreuon nhw giglan a phwyntio aton ni.

"Hei, be sy'n bod?" gofynnodd Ffi. "Pam maen nhw'n chwerthin am ein pennau ni?"

"Dim syniad," meddai Sam gan godi ei hysgwyddau. "Peidiwch â chymryd sylw."

Pan gerddon ni'n ôl at y caban, fe ddeallon ni pam oedd Maria a'i ffrindiau'n cael sterics. Roedd coeden y tu allan i'r ffreutur, ac yn hongian o'r canghennau roedd dillad – crys pêl-droed, dau grys-T, pâr o jîns a phâr o nicers pinc.

"Fy nghrys-T gorau i!" llefodd Mel.

"Fy hoff jîns i!" gwaeddais i.

"O! Fi biau'r crys-T Cic!" gwichiodd Sara.

"A fi biau'r nicers!" meddai Ffi mewn llais main.

"Mae rhywun wedi taflu'n dillad ni i'r goeden!" Neidiodd Sam i'r awyr mewn tymer a cheisio cydio'n y crys pêl-droed, ond allai hi ddim cyrraedd. "A dwi'n gwbod pwy hefyd!"

"Be dwi eisiau'i wbod yw hyn. Sut cawson nhw afael ar ein dillad ni yn y lle cynta?" dwedais.

"Roedden nhw'n ein gwylio ni'n gadael y stafell 'molchi ac fe welson nhw ble aethon ni," meddai Mel.

"Brysia!" llefodd Ffi, wrth i Sam ddringo'r goeden, "cyn i rywun ddod!"

"Chi'n gwbod be?" meddai Sam drwy'i dannedd, gan gydio yn nicers Ffi a'u taflu i lawr. "Mae'n rhyfel!"

PENNOD
PUMP

"Edrych arnyn nhw!" sibrydodd Sam yn chwyrn yn fy nghlust. "Mae'r ffyliaid yn chwerthin dros y lle."

"Ydyn, ac mae'n rhaid i ni dalu'n ôl iddyn nhw!" cytunais, a nodiodd Sara, Ffi a Mel.

Roedden ni'n dringo i mewn i'n bws mini, a'r merched o Sbaen yn dringo i mewn i'w bws nhw a oedd wedi'i barcio yn ymyl. Roedden nhw'n gwenu'n slei arnon ni drwy'r ffenestri.

"Dwi eisiau'u gwthio nhw i mewn i'r pwll nofio!" sibrydodd Ffi dan ei gwynt pan eisteddon ni i lawr. "Alla i ddim credu eu bod nhw wedi taflu fy nicers i i'r goeden!"

"Byddan nhw'n difaru am hyn," chwyrnodd

48

Sam. "Rhwygodd fy nghrys pêl-droed i ar y gangen."

Roedden ni i gyd yn syllu'n gas ar y pump Sbaenes, a hwythau'n tynnu wynebau arnon ni.

"Oes 'na broblem, ferched?" gofynnodd Mrs Roberts yn ofidus wrth ddringo i'r bws.

"Nac oes, Miss," meddai pawb ar unwaith.

"Wel, gobeithio bod pawb wedi cofio dod ag olew haul!" Gwenodd Mrs Roberts wrth i'r gyrrwr ddringo i mewn ac i'r bws ddechrau symud. "Fe fyddwn ni ar y traeth bron drwy'r dydd."

"O, alla i ddim aros i gyrraedd y traeth!" gwichiodd Ffi yn llawn cyffro. "Dwi'n mynd i orwedd yn yr haul a chael lliw ffantastig!"

"Dim gobaith," atebodd Sam. "Welest ti'r rhestr o weithgareddau sy gan Mrs Roberts ar y clipfwrdd? Rhaid i ni ddewis un o'r rheiny."

"Be?" meddai Ffi mewn braw.

"Pêl-foli, criced, ffrisbi, syrffio." Rhifodd Sam bob un ar ei bysedd. "O, a phêl-droed pump bob ochr."

"NA!" meddai pawb arall yn uchel.

"O, *ocê!*" meddai Sam yn bwdlyd. "Wel, beth am syrffio? Mae syrffio'n cŵl."

"Hei, Ffi!" galwodd Rhidian Scott o'r sedd gefn. "Dwyt ti ddim wedi anghofio dy *ddillad isa,* wyt ti?" A dyma fe a'i ffrind Daniel McRae yn chwerthin lond eu boliau.

Roedd Ffi'n edrych fel tomato aeddfed. "Gallwn i ladd y merched 'na!" sibrydodd.

"O, anghofiwch amdanyn nhw a dewch i ni gael mwynhau ein hunain," meddai Mel yn llon. "Dyna pam ddaethon ni yma, os ydych chi'n cofio."

Roedd pawb yn teimlo'n fwy a mwy cyffrous wrth i ni adael y gwersyll gwyliau a throi am y môr. Ar y ffordd drwy'r dre, fe welson ni lond lle o gaffis a thai bwyta, a phob math o siopau anrhegion.

"Gobeithio cawn ni gyfle i siopa," meddai Sara. "Dwi eisiau prynu asyn a het wellt am ei ben!"

"Iych!" meddai Sam. "Hei, bydd hwnna'n anrheg wych i Bethan Bwystfil!"

Sboncion ni o'n seddi pan ddaeth y môr i'r golwg. A phan stopiodd y bws mini, roedd fy llygaid bron â neidio o 'mhen. Doeddwn i

50

erioed wedi gweld traeth tebyg i hwn. Roedd e'n hir ac yn droellog. Roedd y tywod yn lân ac yn euraid, a'r dŵr yn glir ac yn wyrdd tywyll. Roedd e'n well o lawer na rhai o'r traethau diflas gartre.

"Brìl!" dwedais yn hapus, wrth i ni dynnu ein sgidiau a dilyn Mrs Roberts ar draws y tywod. "Gobeithio'i bod hi'n arllwys y glaw gartre a bod yr M&Ms yn wlyb at y croen!"

"A sôn am yr M&Ms," sibrydodd Sara, "dwi'n siŵr y bydden nhw a'r *rheina* yn ffrindiau mawr."

Trodd pawb i edrych. Roedd Maria a'i ffrindiau'n sefyll ychydig yn bellach i lawr y traeth gyda'r Sbaenwyr eraill a'u hathrawes, Miss Moreno.

"Maen nhw'n gofyn am drwbwl!" meddai Sam yn fygythiol. "Fe gân nhw dalu am ddifetha fy nghrys pêl-droed i!"

"O, anghofia amdanyn nhw," dwedais. "Does dim eisiau gadael iddyn nhw sarnu'n diwrnod ni!"

"Mae Ali'n iawn," cytunodd Mel. "Fe gadwn ni'n ddigon pell oddi wrthyn nhw."

Pell? Ha! Pan ofynnodd Mrs Roberts beth

hoffen ni wneud, dwedon ni "Syrffio", felly fe anfonodd hi ni draw at ein hyfforddwraig. Awstraliad o'r enw Jo oedd honno, ond dyfala pwy oedd yn sefyll yn ei hymyl a'u hestyll yn eu dwylo!

"*G'day*, ferched!" meddai Jo. Roedd hi'n swnio'n union fel petai hi ar *Neighbours.* "Falch i gwrdd â chi i gyd. Dyma Maria, a dyma Pilar," – pwyntiodd at y ferch dalaf – "a dyma Isabella, a'r efeilliaid Anna ac Elena."

Doedd Isabella, Anna ac Elena ddim wedi dweud bw na be hyd yn hyn, ond roedden nhw'n benderfynol o syllu i lawr eu trwynau arnon ni. Roedd Isabella'n fach ac yn denau gyda chynffon hir o wallt. Roedd Anna ac Elena'n dalach, gyda gwallt cyrliog, byr, tywyll. Er eu bod yn efeilliaid, doedden nhw ddim yn debyg iawn.

"Rydyn ni'n mynd i gael bore *ripper*, ferched," meddai Jo'n llon, wrth i Sam wneud llygaid croes ar Maria. "Byddwch chi i gyd yn ffrindiau mawr erbyn i ni orffen!"

Safodd pawb yn stond, heb ddweud gair, dim ond syllu'n gas ar ein gilydd.

"Mmm, wel, dewch i ni ddechrau." Roedd

Jo'n edrych braidd yn ffwdanus wrth roi astell syrffio yr un i ni. "Ydych chi wedi syrffio o'r blaen?"

"Ydyn," meddai Pilar ar unwaith.

"Na," dwedais, a dechreuodd y pump Sbaenes wenu ar ei gilydd.

"Cŵl!" meddai Sam yn gyflym. "Byddwn ni'n iawn. Dim prob."

"Dyw syrffio ddim mor hawdd ag y mae'n edrych." Edrychodd Jo'n fwy ffwdanus fyth pan welodd hi Maria'n gwthio'i thafod allan ar Sam. "Ond mae'r tonnau fan hyn yn go dawel, felly byddwch chi'n gwbl ddiogel."

"Pam mae'n rhaid iddyn *nhw* wbod sut mae syrffio?" sibrydais wrth Ffi, pan oedden ni'n tynnu'n crysau-T a'n siorts. "Byddwn ni'n edrych yn hollol dwp yn eu hymyl nhw."

"Dwi'n gwbod," meddai Ffi. Yna dyma hi'n sgrechian, "edrychwch!"

"Be sy'n bod, Ffi?" gofynnodd Sam. "Wyt ti wedi gweld siarc?"

"Mae – mae gan Isabella yr un wisg nofio â fi!" gwichiodd Ffi.

Edrychon ni i gyd ar Isabella, a oedd newydd dynnu ei siorts. Roedd ei bicini yn union 'run fath ag un Ffi, un pinc llachar gyda smotiau gwyn.

"Dwi ddim yn mynd i wisgo hwn eto!" cwynodd Ffi, gan stwffio'i dillad i'w bag traeth.

"Sgandal! Sut wyt ti'n mynd i orwedd yn yr haul heb dy ficini, 'te?" holodd Sam.

"Paid â bod yn ddwl," meddai Ffi. "Dwi wedi dod â chwech gwisg nofio arall!"

"Barod, ferched?" Brysiodd Jo aton ni. "Dewch i ni fynd i'r dŵr."

Roedd Maria, Pilar a'r lleill wedi cerdded allan i'r môr, gan orwedd ar eu boliau ar eu hestyll, a nawr roedden nhw'n gadael i'r tonnau eu cario i'r lan.

"Hei, dydyn nhw ddim yn syrffio *go iawn*!" snwffiodd Sam. "Maen nhw i fod sefyll ar eu traed."

"Ie, dyna fyddwn *ni'n* wneud. Dim prob!" cytunodd Sara.

Yn sydyn, cododd ton fawr. A dyma'r merched yn neidio ar eu traed ac yn syrffio tuag aton ni fel pencampwyr. Edrychon ni ar ein gilydd mewn braw.

"Nawr 'te, rhowch yr estyll syrffio ar y dŵr

a gorweddwch arnyn nhw," meddai Jo wrthon ni. "Fe ddechreuwn ni drwy ddysgu sut i badlo allan."

Dangosodd Jo i ni sut i symud drwy'r dŵr gan ddefnyddio'n breichiau. Yna roedd yn rhaid i ni droi'r estyll i wynebu'r traeth, a gadael i'r tonnau ein cario i'r lan. Haws dweud na gwneud. Fe ges i fy hyrddio o dan y dŵr gan y don fawr gyntaf. Pan godais, yn peswch a phoeri, roedd Sara, Sam, Ffi a Mel yn gwneud yr un fath â fi. Roedd Maria a'r lleill yn eu dyblau'n chwerthin, ac yn gweiddi geiriau Sbaeneg na allen ni mo'u deall.

"Gadewch i'r don eich cario. Peidiwch ag ymladd yn ei herbyn," meddai Jo. "A phan fyddwch chi'n teimlo'n ddigon hyderus, symudwch yr astell ryw ychydig. Yn lle dod yn syth tuag at y lan, dewch ar ongl."

Ar ôl ymarfer am sbel, roedden ni'n eitha da, felly, wrth gwrs, roedd yn rhaid i Sam ddechrau dangos ei hun.

"Dwi'n mynd i sefyll lan y tro hwn!" gwaeddodd, pan welodd hi don fawr yn codi.

"Na, Sam!" sgrechiodd pawb arall, ond chymerodd hi ddim sylw. Wrth i'r don dorri drosti, neidiodd Sam ar ei hastell – a diflannu'n gyfan gwbl. Daeth i'r golwg eiliad yn ddiweddarach, yn peswch a thagu ac wedi hanner boddi.

"Oi, Sam!" galwodd Maria. Roedd hi'n chwerthin nes ei bod hi'n sâl. "Fel hyn mae gwneud, ie?" A dyma hi'n sefyll ar ei hastell ac yn syrffio i'r lan.

"Ocê. 'Na'i diwedd hi!" crawciodd Sam gan boeri tua deg peint o ddŵr môr. "Amser talu'n ôl! Maen nhw'n mynd i'w chael hi nawr!"

PENNOD
CHWECH

"Beth ydyn ni'n mynd i'w wneud?" gofynnodd Mel, wrth i ni badlo tuag atyn nhw.

"Gwylia fi!" atebodd Sam, gan anelu am Maria. Doedd Maria ddim wedi sylwi arni. Roedd hi'n nofio allan i ddal y don nesaf pan daflodd Sam hi oddi ar ei hastell. Chwarddon ni i gyd fel brain a phadlo i ffwrdd. Dechreuodd Jo alw arnon ni o'r traeth, ond chymeron ni ddim sylw.

"Aaaaa!"

Clywson ni Ffi'n sgrechian, a throi ein pennau i edrych. Be welson ni ond Isabella'n cydio yn astell Ffi ac yn ei thaflu i'r dŵr gyda sblash.

"Ocê! Mae hi ar ben arnoch chi!" gwaeddodd Sam. "Dewch i ni gael eu setlo nhw."

Padlon ni'n wyllt tuag at y pump Sbaenes. Mel gyrhaeddodd gynta, a gwthio Elena oddi ar ei hastell, a dyma Sara'n anelu am Anna ac yn ei thaflu i'r dŵr. Es i at Pilar. Doedd hynny ond yn deg, gan mai hi oedd y dalaf, fel finnau. Ond wnes i mo'i chyrraedd hi, achos roedd Jo'n wyllt *gacwn* erbyn hyn.

"STOPIWCH AR UNWAITH!" rhuodd, gan gerdded i'r dŵr. "A DEWCH YMA'R FUNUD HON!"

Padlon ni'n bwdlyd yn ôl i'r lan.

"Beth ar y *ddaear* sy'n bod arnoch chi?" gwaeddodd Jo'n chwyrn. "Gallech chi fod wedi brifo'ch gilydd!"

"Dyna'r bwriad!" sibrydodd Sam.

Ar ôl y rhyfel syrffio, gyrrodd Jo ni i ffwrdd dan gwmwl. Drwy lwc, wnaeth Mrs Roberts ddim sylwi, achos roedd hi'n dysgu grŵp o blant sut i chwarae pêl-foli, felly fe gydion ni mewn ffrisbi sbâr a dechrau chwarae am sbel. Wedyn roedd hi'n amser cinio.

"Ni enillodd ta beth," meddai Sam pan eisteddon ni o dan ambarél haul a thynnu ein brechdanau o'n bagiau. "Fe daflon ni dair o'r twpsod i'r dŵr. Ffi oedd yr unig un daflon nhw."

"Trueni na ddaliais i Pilar," dwedais, gan sychu fy ngwallt ar y tywel. "Dwi'n meddwl mai hi yw arweinydd y giang, er mai Maria sy â'r geg fwyaf!"

Agorodd llygaid Sara led y pen. "Hei, yn union fel ti a Sam!"

"Be?" Syllais i a Sam arni.

"Wel, mae Pilar yn dal iawn, a Maria'n hoffi pêl-droed . . ." Distawodd llais Sara.

"Dydyn ni'n ddim byd *tebyg*!" meddai Sam yn chwyrn, a chochodd Sara.

"Dwi *ddim* yn syrffio eto'r pnawn 'ma," meddai Ffi'n bendant. "Dwi eisiau gorwedd fan hyn a chael lliw haul."

"Dwi eisiau ffonio Mam," meddai Sara.

"Paid â bod yn ddwl!" snwffiodd Sam. "Dim ond y diwrnod cynta yw hwn!"

"Mi wn i." Edrychodd Sara braidd yn lletchwith. "Dwi eisiau holi sut mae pawb."

Dechreuais innau feddwl am Mam a Dad, ac am Pepsi'r ci gartre yn Nhregain. Yn sydyn roedd Cymru'n bell, bell i ffwrdd.

"Dyma'r tro cynta i fi fod oddi cartre am gymaint o amser," sibrydodd Ffi a dagrau yn ei llygaid.

Felly dyna lle'r oedden ni, yn bwyta'n brechdanau ar ddiwrnod heulog, braf, a'r tonnau'n torri ar y traeth, a phob un ohonon ni'n edrych fel pe bai'r byd ar ben. Roedd hyd yn oed Sam yn edrych yn ddiflas. Felly fe benderfynais ei bod yn bryd i fi wneud rhywbeth.

"Hei, beth am gael cyfarfod o'r Clwb heno?" awgrymais.

"Ond roedden ni'n mynd i aros tan ddiwedd y gwyliau," meddai Mel.

Codais f'ysgwyddau. "Sdim ots. Gallwn ni gael mwy nag un cyfarfod."

Nodiodd pawb yn awchus. Roedd meddwl am gael cyfarfod o'r Clwb wedi codi ein calonnau.

"Rhaid i ni brynu bwyd ar gyfer y wledd ganol-nos," meddai Sara.

"Gallwn ni brynu'r bwyd yn y siop yn y gwersyll," dwedais. "Dim prob. Fe gripia i a Sam i'ch stafell chi heno, yn syth ar ôl i Alana Banana fynd i gysgu."

"Beth os bydd hi'n dihuno ac yn gweld y gwelyau gwag?" gofynnodd Ffi'n ofidus.

Ysgydwodd Sam ei phen. "Fydd hi ddim!" meddai'n bendant. "Mae Alana Banana mor ddwl, fe gysgai hi drwy ddaeargryn!"

"Ydy hi'n cysgu eto?" sibrydodd Sam. Doedd fawr o le rhwng ein dau wely, felly dyma hi'n ymestyn ata i rhag ofn i Alana glywed.

"Na, dwi'n ei chlywed hi'n symud."

"Mae hi'n boen!" ochneidiodd Sam, a disgyn yn ôl ar ei gobennydd. "Edrych, mae hi wedi hanner nos yn barod!"

Ar ôl dod yn ôl o'r traeth yn y prynhawn, roedden ni wedi chwarae tennis a mynd i fowlio. Roedden ni'n dwy wedi blino cymaint ar ôl yr holl ymarfer ac awyr y môr, roedd hi'n anodd cadw'n llygaid ar agor. Tybed a oedd trefnu cyfarfod o'r Clwb yn syniad da wedi'r cyfan?

"Aw! Mae 'nhrwyn i'n dost!" cwynodd Sam. "Mae e wedi llosgi, dwi'n meddwl. Ydy e'n edrych yn goch?"

"Ydy, mae'n disgleirio yn y tywyllwch fel trwyn Rwdolff," dwedais.

"O, ha ha," meddai Sam, yna fe dawelodd. Rywsut fe gadwais fy llygaid ar agor, a chyn gynted ag y dechreuodd Alana chwyrnu, estynnais at Sam a rhoi proc iddi.

"Aw! Be sy?" meddai Sam yn swrth.

"Mae Alana Banana'n cysgu o'r diwedd," dwedais, gan wthio fy nghoesau o'r gwely. "A ti hefyd, wrth dy sŵn di!"

"Na, doeddwn i ddim." Rholiodd Sam o'i gwely, gan agor ei cheg yn gysglyd. "Dere. I ffwrdd â ni. A phaid ag anghofio'r bwyd."

Codais y bag plastig. I ginio roedden ni wedi cael bwyd Sbaeneg o'r enw *tapas*. Roedd e'n wych. Roedd 'na bob math o blatiau bach, gyda bwyd gwahanol ar bob un – olifau, omled tatws, madarch wedi'u stwffio, sosejys, a salad, er enghraifft. Felly, tra oedden ni'n bwyta, roedden ni wedi rhoi peth o'r bwyd yn ein pocedi ar gyfer y wledd ganol-nos.

Cydion ni yn ein tortshys a chripio ar flaenau'n traed at y drws. Agorodd Sam y drws yn ofalus, a syllu ar y coridor llachar.

"Dwi'n mynd i ddiffodd y golau," sibrydodd Sam. "Felly os clywith yr athrawon ni, bydd gyda ni gyfle i ddianc."

"Wel, gobeithio na wnawn ni ddim agor y drws anghywir a rhuthro i mewn i stafell Mrs Roberts!" dwedais yn ofnus. Roedden ni wedi cael pregeth fawr oddi wrth Mrs R y noson cynt. Doedden ni ddim i fod i gripian i stafelloedd ein gilydd liw nos ar *unrhyw* gyfri, meddai hi. Wrth gwrs, doedden ni *ddim* yn mynd i wrando. Ond doedden ni ddim eisiau cael ein dal chwaith.

Brysiodd Sam at y swits ar y wal gyferbyn, a diffodd y golau. Aeth pobman yn ddu fel bol buwch. Ond chawson ni ddim amser i gynnau'n tortshys, achos fe ddaeth y golau ymlaen bron ar unwaith.

Rhewodd Sam ar ganol y coridor. "Mae rhywun wedi defnyddio un o'r switsys eraill!" sibrydodd. "Cau'r drws, glou – falle'u bod nhw'n dod ffordd hyn!"

Rhuthrodd Sam yn ôl i'r stafell, wrth i Pilar ddod rownd y gornel. Fe gaeon ni'r drws ar frys, a gwrando, a'n calonnau'n curo fel dau ddrwm. Yna edrychon ni allan yn ofalus, a'i gweld yn mynd i'r stafell 'molchi.

"Mae hi'n mynd i'r tŷ bach, siŵr o fod," sibrydodd Sam. "Wyt ti'n meddwl ei bod hi wedi'n gweld ni?"

"Na." Agorais y drws. "Dere. Gwell i ni fynd at y lleill cyn iddi ddod yn ôl. Gad y golau 'mla'n y tro hwn, rhag ofn iddi hi sylweddoli bod rhywbeth o'i le."

Rhedon ni i lawr y coridor at ddrws rhif saith. Ond pan drois i'r bwlyn, wnâi'r drws ddim agor.

"Mae e'n pallu agor!" sibrydais mewn braw.

"Be!" Bu bron i Sam gael ffit. "Maen nhw wedi'i gloi o'r tu mewn! Rhaid i ni gnocio."

"Paid â bod yn ddwl!" hisiais. "Os cnociwn ni, fe ddihunwn ni Mrs Roberts!"

"Wel, beth wyt ti'n gynnig? Mae'n rhaid i ni wneud *rhywbeth*!" atebodd Sam. "Bydd Pilar yn ôl mewn munud, a bydd hi wrth ei bodd yn creu trwbwl i ni!"

Yn sydyn fe glywson ni sŵn bollt yn symud, a dyma'r drws yn agor. Roedd Ffi'n sefyll yno, yn syllu'n gysglyd arnon ni, a buon ni bron â'i thaflu i'r llawr wrth ruthro i mewn. Cododd Sara a Mel ar eu heistedd yn y gwely, gan agor eu cegau a rhwbio'u llygaid.

"Mae'n ddrwg gen i," meddai Ffi. "Fe gwympon ni i gysgu, ac anghofion ni fod y drws wedi'i folltio."

"Diolch yn dalpe!" meddai Sam. "Fe fuodd Pilar bron â'n dal ni. Mae hi yn y stafell 'molchi."

Edrychodd y lleill arnon ni mewn braw.

"Welodd hi chi?" gofynnodd Sara.

"Naddo." Ysgydwodd Sam ei phen. "Drwy lwc, neu byddai hi'n siŵr o fynd yn syth at Mrs Roberts."

Llithrais i o dan y dwfe ar waelod gwely Mel, a dringodd Sam i wely Ffi.

"Beth wnawn ni gynta?" sibrydodd Mel.

"Rhywbeth tawel," meddai Ffi yn daer. "Bydda i'n marw o sioc os dihunith Mrs Roberts."

"Mi fedren ni sgrifennu yn ein dyddiaduron," awgrymodd Sara. "Mae hynny'n dawel."

"Syniad da," cytunais.

"Ocê, ond fe ddylen ni wneud rhywbeth *arbennig* gynta," mynnodd Sam.

"Pa fath o beth?" meddai Ffi.

"Wel, dyma'n cyfarfod cynta ni mewn gwlad dramor," eglurodd Sam, "felly fe ddylen ni wneud araith neu rywbeth."

Gwenais. "Cer 'mla'n 'te."

"Ocê." Neidiodd Sam allan o dan y dwfe, a

sefyll yn ymyl gwely Ffi. "Croeso i'n *dormir fresco* cynta erioed!"

Edrychodd pawb yn syn.

"Y beth?" dwedais yn hurt.

"*Dormir fresco* – dyna'r Sbaeneg am Cysgu Cŵl!" Gwenodd Sam. "Edrychais i yng ngeiriadur Ali. Wel, fe edrychais am y gair *cysgu* ac yna am y gair *cŵl*, wedyn fe rois i'r ddau at ei gilydd!"

"Brìl!" meddai Mel, ac roedd pawb yn mynd i guro dwylo, ond fe gofion ni fod Mrs Roberts drws nesa, a thrwy lwc wnaethon ni ddim.

"Chi'n gwbod be?" meddai Sam. "Dwi'n meddwl y dylen ni gael cyfarfod o'r Clwb ym mhob gwlad yn y byd, wedyn fe gawn ni'n henwau yn y *Guinness Book of Records*!"

"Beth, hyd yn oed yng Ngwlad yr Iâ?" Crynodd Ffi.

"Ie, cyfarfod mewn iglw!" awgrymodd Sara, a dyma ni'n gwasgu'n dwylo dros ein cegau i stopio giglan.

Roedden ni'n dal i chwerthin pan, yn sydyn, agorodd y drws led y pen a rhuthrodd Mrs Roberts i mewn fel corwynt.

PENNOD SAITH

Cafodd Sam gymaint o sioc pan welodd hi Mrs Roberts, fe gwympodd ar ei chefn a glanio ar ben Ffi. Sgrechiodd honno dros y lle.

"Beth yn y *byd* sy'n mynd 'mla'n?" meddai Mrs Roberts yn chwyrn, a'i llygaid fel mellt. "Dwedais i wrthoch chi am beidio â gadael eich stafelloedd yn y nos heblaw i fynd i'r toiled, yn do?"

"Do, Miss. Mae'n ddrwg iawn gyda ni, Miss," meddai pawb yn ddiflas.

Yn sydyn sylwais ar Pilar yn sefyll yn y coridor ac yn sbecian drwy'r drws agored. Gwelodd hi fi'n edrych arni, a gwenodd yn slei cyn cerdded i ffwrdd.

"Dwi wedi cael siom fawr ynddoch chi," dwrdiodd Mrs Roberts. Roedden ni i gyd yn teimlo'n fach iawn, iawn. "Mae'n bwysig i ni wybod ble mae pawb, rhag ofn bydd drìl tân, neu ryw argyfwng. Dyna pam mae'n rhaid cael rheolau."

Eisteddodd pawb yn dawel. Feiddien ni ddim dweud gair.

"Alwen a Helen, yn ôl â chi i'ch stafell ar unwaith. Dyna ddiwedd ar y stori, ond –" edrychodd Mrs Roberts yn llym iawn ar bawb "– os digwyddith hyn eto, bydd Miss Llwyd a fi yn symud i mewn i'ch stafelloedd chi. Nawr, ffwrdd â chi."

"Buon ni bron â'i chael hi," sibrydodd Sam, wrth i ni frysio'n ôl i'n stafelloedd dan lygad barcud Mrs Roberts. "Rhannu stafell gydag athrawon! Iych!"

"Wel, oni bai am Pilar, fydden ni ddim wedi cael ein dal!" chwyrnais.

Agorodd llygaid Sam led y pen. "Wyt ti'n meddwl bod Pilar *wedi'n* gweld ni ac wedi dweud wrth Mrs Roberts?"

Nodiais. "Ydw. Roedd hi yn y coridor pan

oedd Mrs Roberts yn gweiddi arnon ni – sylwest ti ddim?"

"Na, wnes i ddim!" Gwasgodd Sam ei dyrnau'n dynn. "Yr hen grinc fach slei! Wel, rhaid i ni fod yn fwy gofalus y tro nesa."

"Be? Ydyn ni'n mynd i drio cael cyfarfod arall?" gofynnais.

"Wrth gwrs ein bod ni," meddai Sam yn bendant iawn, gan sleifio i mewn i'r stafell lle'r oedd Alana Banana'n dal i chwyrnu'n uchel. "Dydyn ni ddim yn mynd i adael i Pilar a'i giang ein curo ni, ydyn ni?"

"Na, wrth gwrs," atebais. Ond tybed be wnâi Mrs Roberts, pe bai hi'n ein dal ni'n crwydro unwaith eto liw nos?

"Felly mi *welodd* Pilar chi!" meddai Sara'n syn, pan oedden ni'n bwyta'n brecwast fore drannoeth.

"Do, a hi ddwedodd wrth Mrs Roberts, siŵr o fod," meddai Sam yn ffyrnig, gan wasgu ei Weetabix yn stwnsh. "Felly beth ydyn ni'n mynd i'w wneud? Dyna'r cwestiwn."

"O, peidiwch â phoeni amdanyn nhw,"

meddai Mel. "Y Clwb sy'n bwysig. Sut ydyn ni'n mynd i gael cyfarfod?"

"Wel, dwi'n meddwl y dylen ni aros diwrnod neu ddau a thrio eto," meddai Sam.

Aeth Ffi'n wyn fel y galchen. "Ond beth os cawn ni'n dal? Bydd Mrs Roberts yn ffrwydro!"

"*So*?" Cododd Sam ei hysgwyddau. "Beth all hi wneud? All hi ddim ein cadw ni i mewn!"

"Mi fedrai hi'n stopio ni rhag mynd i'r traeth bob dydd," meddai Sara.

"Gallai hi wneud i ni eistedd yn ein stafelloedd a gwneud gwaith ysgol," ategodd Mel.

"Gallai hi'n danfon ni adre ar yr awyren nesa," ychwanegais.

"O, ac fe allai hi'n stopio ni rhag mynd ar *unrhyw* drip ysgol *byth eto*," meddai Ffi i gloi.

"Ocê, ocê," meddai Sam gan grychu ei thrwyn pinc llachar. "Rhaid i ni ofalu na chawn ni ein dal y tro nesa, felly, 'yn bydd?"

Wrth i ni fynd allan o'r ffreutur, roedd Maria, Pilar, Isabella, Anna ac Elena yn dod i mewn, gyda gwên fach faleisus ar eu hwynebau.

"Piti bod athrawes wedi'ch dal chi neithiwr!" Giglodd Maria, ac yna dyma nhw i gyd yn dechrau siarad Sbaeneg.

"Mae hynna'n mynd ar fy nerfau i," meddai Sam yn grac, wrth i ni stelcian heibio a'n trwynau yn yr awyr. "Dwi eisiau gwbod be maen nhw'n ddweud!"

"Wel, fe driais i ddysgu Sbaeneg i ti, ond doedd gyda ti ddim diddordeb," dwedais.

Ochneidiodd Sam. "Dwi eisiau dysgu sut i ddweud 'Ca' dy ben, rwyt ti'n mynd ar fy nerfau i', ac *nid* 'Wyt ti eisiau moron?'"

"Be sy'n digwydd heddi?" gofynnodd Ffi. "Ydyn ni'n mynd i'r traeth eto?"

"Ydyn, ond dim ond yn y bore," meddai Sara. "Mae'n amser rhydd. Mi gawn ni wneud beth bynnag rydyn ni eisiau."

"Ardderchog!" meddai Mel. "Dwi'n meddwl y dylen ni gadw'n ddigon pell oddi wrth y pump Sbaenes drwy'r dydd – *a* Mrs Roberts hefyd!"

Roedd pawb yn meddwl bod hynna'n syniad da, felly, pan gyrhaeddon ni'r traeth, fe fachon ni ddwy ambarél haul yn ddigon pell oddi wrth bawb, a thaenu ein tywelion o danyn nhw.

"Rhaid i fi warchod fy nhrwyn rhag yr haul," meddai Sam, gan ofalu bod hanner isa ei chorff yn yr haul a'r hanner ucha yn y cysgod. "Mae e mor goch, mae'n disgleirio!"

"Ydy, fydd dim rhaid i ti ddefnyddio lamp os wyt ti eisiau darllen yn y nos!" dwedais, gan orwedd ar fy mol ar y tywel.

"Iaaa-w!" Neidiais ar fy nhraed eto wrth i Sam roi eli haul oer, oer ar fy nghefn, a giglodd y lleill. Er ein bod ni wedi cael siom y noson o'r blaen, gwellodd hwyliau pawb ar unwaith.

"Alla i ddim credu!" sgrechiodd Ffi'n sydyn.

"Be?" Cododd pawb ar eu heistedd.

"Mae'r Isabella 'na'n gwisgo'r un wisg nofio â fi *eto*!" llefodd Ffi, o'i cho'n lân.

Roedd y pump Sbaenes yn eistedd ar y traeth gyda'u hathrawes. Er eu bod yn go bell i ffwrdd, roedden ni'n gallu gweld bod Isabella'n gwisgo'r un wisg â Ffi – gwisg undarn glas llachar gyda blodau pinc arni.

"Dyw e ddim yn ddoniol!" cwynodd Ffi wrth i bawb wasgu eu dwylo dros eu cegau.

"Falle y bydde'n well i ti fynd i ofyn iddi a oes gyda hi lond lle o ddillad. A gofyn a ydy hi'n hoffi teganau meddal!" meddai Sam gyda gwên fawr.

"A phriodasau!" meddai Sara.

"Dyw hi'n ddim byd tebyg i fi," snwffiodd Ffi. Roedd hi'n dechrau ypsetio, felly ddwedon ni ddim mwy.

Ar ôl i ni dorheulo am sbel, aethon ni i lawr i'r môr, a sblasio am dipyn. Fe gwrddon ni ag Almaenwyr a oedd yn aros yn y gwersyll hefyd, ac roedden nhw'n grêt. Nofion ni ddim llawer, achos roedden ni'n teimlo'n rhy ddiog, ond fe gawson ni amser braf.

"Dwi ddim yn gwbod pam mae pobl yn mynd ar eu gwyliau i'n gwlad ni, yn lle dod fan hyn!" ochneidiais, gan orwedd ar fy nghefn yn y dŵr cynnes. "Pe bydden ni gartre nawr, bydden ni'n rhedeg i mewn a mas o'r môr rhewllyd, ac yn disgwyl i'r glaw stopio!"

"Hei, paid ag wfftio'n gwlad ni!" meddai Sara. "Mae hi'n iawn!"

"Ydy! Mae gyda ni greision caws ac wynwns yng Nghymru!" meddai Mel. "A chastell Caerffili!"

"Ni sy â'r grwpiau pop gore," ychwanegodd Ffi.

"A phaid ag anghofio clwb pêl-droed Abertawe," meddai Sam.

"Ocê, ocê! Dwi'n cytuno, ond mae'n rhaid i chi gyfaddef bod y tywydd yn well yn Sbaen!" Plymiais o dan y dŵr, a thrio gafael yng nghoesau Sam.

Neidiodd Sam o'r ffordd. "Rhaid i'r ola i gyrraedd y ddwy ambarél gusanu Rhidian Scott!" gwaeddodd, a dyma ni i gyd yn rhedeg nerth ein traed o'r môr, a lan y traeth. A dyfala pwy oedd yr ola.

"O, caws caled, Ffi," galwodd Sam yn smala, pan oedden ni'n aros i Ffi ein dal. "Ti gollodd."

Aeth wyneb Ffi'n binc, ac yna crychu mewn braw. "Hei, be sy wedi digwydd i 'mag i?"

Roedd pethau Ffi wedi eu gwasgar dros y tywel, ac roedd ei bag traeth streipiau-pinc-a-gwyn yn gorwedd ar ei ochr.

"Hei, ydych chi'n meddwl bod rhywun wedi dwyn ein harian ni?" llefodd Sam, gan gydio yn ei bag hi.

Ond roedd Ffi'n edrych drwy'i phethau'n frysiog a dyma hi'n ysgwyd ei phen. "Na, mae popeth yma, y pwrs a phopeth. Roedd y bag wedi cwympo, siŵr o fod –" Yn sydyn daliodd ei gwynt. "Arhoswch funud! Mae'r dyddiadur Clwb wedi mynd!"

"Wyt ti'n siŵr?" gofynnodd Sara, wrth i Ffi chwilota drwy ei phethau mewn panig llwyr.

"Hollol siŵr!" meddai Ffi, gan droi ei bag â'i ben i lawr a'i ysgwyd. "Dwi'n gwbod 'mod i wedi rhoi'r dyddiadur yn y bag bore 'ma!"

Chwilion ni'r tywod o gwmpas y ddwy ambarél yn ofalus. Codon ni'r tywelion ac edrych odanyn nhw, ac edrych yn ein bagiau, ond doedd dim sôn am y dyddiadur.

Roedd Ffi'n wyn fel y galchen. "Ble mae e?" llefodd. "Rhaid i fi gael gafael arno! Mae e'n llawn o gyfrinachau'r Clwb!"

"Arhoswch funud," meddai Sam yn araf. "Ydych chi'n meddwl eu bod *nhw* wedi'i ddwyn e?"

"Pwy?" gofynnais, heb ddeall am funud.

Pwyntiodd Sam i gyfeiriad Maria a'r lleill. "Synnwn i ddim! Fe gawson nhw ddigon o amser pan oedden ni yn y môr."

"Dwi'n gwbod eu bod nhw'n erchyll, ond dwi ddim yn meddwl y bydden nhw'n mynd drwy'n bagiau ni," meddai Mel yn amheus.

"Wel, fyddai dim rhaid iddyn nhw," meddai Sam yn hy. "Os oedd bag Ffi wedi cwympo, a'i phethau dros y lle, gallen nhw godi'r dyddiadur yn ddigon hawdd!"

Erbyn hyn roedd Ffi'n wyrdd yn lle gwyn. "O – ond mae holl hanes y Clwb Cysgu Cŵl ynddo!" meddai'n herciog. "A – wel . . ."

"Beth?" meddai Sam yn chwyrn. "Dwed y cyfan, Ffi."

"Mae pethau am Mrs Roberts ynddo fe hefyd," mwmianodd Ffi, "*ac* am Rhidian Scott."

"Os ydyn nhw wedi dwyn y dyddiadur, byddwn ni mewn helynt dros ein clustiau pan ddarllenan nhw beth sy ynddo!" dwedais yn gyflym. "Mae'n rhaid i ni gael gwbod ble mae e – a hynny'n go sydyn!"

PENNOD WYTH

"Dyw e ddim yma!" llefodd Ffi o ganol llanast y stafell wely. Roedden ni wedi arllwys popeth o'i bag hi, ac o fagiau Sara a Mel, ac wedi gwacáu'r cwpwrdd dillad. Roedden ni hyd yn oed wedi tynnu'r dillad oddi ar y gwelyau – ond doedd dim sôn am y dyddiadur.

"Be dwi'n mynd i'w wneud?" llefodd Ffi. "Bydd hi ar ben arna i os darllenith rhywun y dyddiadur!"

"Bydd hi ar ben ar *bawb*!" meddai Sam. "Bydd *pawb* yn gwybod am ein cyfarfodydd ni."

"Mae fy ngherdyn aelodaeth i ynddo hefyd," meddai Ffi'n drist.

77

"O, grêt! 'Run man i ni ofyn i bawb yn y byd ymuno â'r Clwb Cysgu Cŵl!" meddai Sam yn grac. "Fydd gyda ni ddim un gyfrinach ar ôl!"

"Gan bwyll, Sam!" dwedais wrth i Ffi gnoi ei gwefus, bron â llefain. "Dydyn ni ddim yn gwbod ble mae'r dyddiadur eto. Falle bod Ffi wedi'i golli e'n rhywle."

"Ond mae hynny'n golygu y gallai *unrhyw un* gael gafael arno!" meddai Mel yn ddiflas. "Beth os bydd un o'n dosbarth ni'n ei ffeindio?"

Aeth wyneb Ffi'n wyn. "Os bydd Rhidian Scott yn darllen y dyddiadur, bydda i'n mynd adre ar yr awyren nesa!"

"A beth am Alana Banana?" meddai Sara. "Ella bydd hi'n dod o hyd iddo ac yn mynd ag o adre i'r M&Ms!"

Edrychon ni ar ein gilydd mewn dychryn, heb ddweud gair. Roedd pethau'n mynd o ddrwg i waeth. Roedd yn rhaid i ni gael y dyddiadur yn ôl, neu dyna ddiwedd y Clwb Cysgu Cŵl, a byddai Ffi'n marw o siom bob tro y gwelai hi Rhidian Scott.

Clywson ni sŵn chwerthin y tu ôl i ni. Dyna

lle'r oedd Maria, Pilar a'r lleill yn sefyll yn y coridor ac yn pwyntio aton ni.

Gwasgodd Sam ei ddyrnau'n dynn. "Iawn!" meddai'n uchel. "Dwi'n mynd i ofyn yn blwmp ac yn blaen a yw'r dyddiadur gyda nhw, ac os yw e, bydda i'n mynnu ei gael yn ôl!"

"Paid â bod yn ddwl, Sam!" hisiais, gan gydio yn ei braich wrth iddi anelu am y drws. "Os *nad* yw e gyda nhw, falle penderfynan nhw fynd i chwilio amdano."

Stopiodd Sam yn stond. "Doeddwn i ddim wedi meddwl am hynny," meddai.

"Chwilio am rywbeth?" galwodd Pilar, a giglodd y lleill. "Rhywbeth pwysig?"

"Meindia dy fusnes!" meddai Ffi'n swta.

I ffwrdd â'r pump Sbaenes, gan ddal i chwerthin, ac edrychon ni ar ein gilydd.

"Ydych chi'n meddwl bod y dyddiadur gyda nhw, neu be?" gofynnodd Mel.

"Dwi ddim yn siŵr," meddai Sam yn feddylgar, "ond os yw e, maen nhw'n mynd i wneud i ni chwysu am sbel cyn ei roi e'n ôl, betia i i chi."

"Wel, nes i ni gael gafael ar y dyddiadur,

bydd popeth ar stop," dwedais. "Allwn ni ddim cael cyfarfod rhag ofn y byddan nhw'n dweud wrth Mrs Roberts. Bydd hi'n wallgo os dalith hi ni eto."

Roedd pawb wedi diflasu.

"Wel, dwi ddim yn mynd i eistedd fan hyn yn gwneud dim!" meddai Sam, gan redeg at y drws.

"Ble wyt ti'n mynd?" gofynnodd Sara mewn braw.

"I chwilio'u stafell nhw!" A dyma Sam yn rhuthro i lawr y coridor.

"Sam! Aros!" gwaeddais, ond chymerodd hi ddim sylw.

"Be mae hi'n wneud?" llefodd Ffi, wrth i ni redeg ar ei hôl. "Os caiff hi ei dal, bydd 'na helynt!"

"Llond cart o helynt!" dwedais yn daer.

Pan sgrialon ni i stop y tu allan i stafell y Sbaenwyr, roedd Sam yn rhoi hwb i'r drws y tu ôl iddi.

"Beth wyt ti'n wneud?" hisiodd Sara, gan wthio ei throed i mewn. "Ty'd allan!"

"Dim ond cael sbec fach sydyn." Brysiodd Sam ar draws y stafell, a dechrau edrych yn y cypyrddau bach wrth bob gwely. "Dwi ddim yn mynd i *ddwyn* unrhyw beth."

"Pam mae gyda nhw stafell i bump?" cwynodd Ffi gan edrych o'i chwmpas. "Petaen ni wedi cael y stafell hon, gallen ni fod wedi cael cyfarfod bob nos!"

Yn sydyn, rhewodd Mel. "Mae rhywun yn dod!" hisiodd.

"Glou! Dan y gwelyau!" meddai Sam.

Taflon ni'n hunain ar y carped a rholio o dan y gwelyau. Rholiodd Sara o dan yr un gwely â fi, felly roedd yn rhaid i fi ei gwthio o'r ffordd. Newydd guddio o dan y gwely arall oedd hi, pan agorodd y drws a daeth y merched i mewn.

Gorweddon ni yno fel delwau, a dal ein hanadl. Roedd y merched yn cerdded o gwmpas yn clebran yn Sbaeneg. Dim ond eu sgidiau allwn i weld. Roedden nhw'n dod at y gwelyau, ac yna'n mynd i ffwrdd. Ar un adeg roedd trênyrs Maria o fewn trwch blewyn i 'nhrwyn i.

Yna, yn sydyn, allan â nhw a chau'r drws. Ochneidiais yn falch a rholio allan o dan y gwely. Gwnaeth y lleill yr un fath.

"Nawr, mas â ni!" dwedais, gan edrych yn llym ar Sam a'i herio i dynnu'n groes.

"O, 'run man i ni edrych o gwmpas yn gyflym gan ein bod ni –" meddai Sam. Ond chafodd hi ddim cyfle i orffen y frawddeg. Tyrrodd pawb o'i chwmpas a'i martsio allan o'r stafell.

"Be sy'n digwydd rŵan?" gofynnodd Sara, pan oedd pawb yn ddiogel yn y coridor.

"Dim llawer," dwedais. "Allwn ni wneud dim byd nes i ni gael gafael ar y dyddiadur, felly gwell i ni ddechrau edrych."

Fe fuon ni'n chwilio'r gwersyll am y dyddiadur bron drwy'r pnawn. Roedd meddwl am Pilar a'i giang, neu Mrs Roberts, neu Alana Banana, neu Rhidian Scott yn darllen y dyddiadur yn ddigon i'n dychryn ni. Allen ni ddim ymlacio na mwynhau ein hunain nes i ni gael gafael arno. Roedden ni wedi diflasu.

Chawson ni ddim cyfle i chwilio amdano drannoeth, achos aeth ein grŵp ni, gyda grwpiau eraill o'r Almaen a Denmarc, ar drip undydd i Barcelona. Wnaeth Pilar, Maria a gweddill y giang erchyll ddim dod, felly fe gawson ni lonydd am sbel.

Roedd Barcelona'n *ardderchog*. Roedd llond y lle o adeiladau diddorol, gan gynnwys eglwys gadeiriol hynod iawn, palas, gerddi mawr a pharciau, harbwr, a strydoedd yn llawn o siopau diddorol. Hefyd fe welson ni gerflun enfawr o Christopher Columbus gyda lifft y tu mewn iddo. Gallech chi fynd yn y lifft i ben y cerflun lle'r oedd golygfa wych o'r ddinas i gyd. Roedd pawb eisiau mynd lan, nes i Mrs Roberts ddweud wrthon ni bod y pen wedi cwympo i lawr ryw ugain mlynedd yn ôl. Doedd neb mor awyddus wedyn.

Aethon ni i'r llefydd diwylliannol yn gynta, wedyn fe gawson ni fynd i siopa. Dyna'r darn gorau! Roedd y siopau'n *ffab*. Aethon ni i gyd yn ddwl a phrynu pob math o bethau. Prynodd Ffi a Sara ffàn bob un, ac fe brynon ni gastanedau, yn ogystal ag anrhegion i'n teuluoedd.

"Roedd hynna'n brìl!" ochneidiodd Sara wrth i ni fynd yn ôl i'r bws mini ar ddiwedd y dydd. "Dwi 'di gwirioni ar y castanedau!"

Ar ôl eistedd i lawr, fe dynnon ni'n castanedau mas, gan ddechrau eu clicio a gweiddi *"Olé!"*, nes i Mrs Roberts droi a syllu arnon ni o'r tu blaen.

"Be sy yn y bag, Sam?" gofynnodd Ffi'n fusneslyd, a phwyntio at y bag papur ym mhoced Sam.

Gwthiodd Sam ei llaw i'r bag, a thynnu bomiau drewi mas. Llond bocs ohonyn nhw! Syllodd pawb ar y bocs.

"Ble cest ti'r rheina?" gofynnodd Mel.

"Es i mewn i siop jôcs pan oeddech chi'n prynu ffàn." Gwenodd Sam yn ddrygionus. "Falle byddan nhw'n handi."

"I be?" meddai Ffi'n syn.

"O, deffra, Ffi!" meddai Sam yn ddi-amynedd. "I'w taflu at Pilar a'r giang, wrth gwrs. Dylen ni daflu bom drewi atyn nhw bob nos nes iddyn nhw roi'r dyddiadur yn ôl."

Dechreuon ni chwerthin.

"Sam, dwyt ti ddim o ddifri!" Codais fy aeliau.

"Wrth gwrs 'mod i," atebodd Sam. "Dwi'n mynd i gripian i'w stafell nhw heno, a thaflu bom drwy'r drws!"

Sobrodd pawb ar unwaith.

"Rwyt ti'n wallgo!" gwichiodd Ffi. "Paid â mentro!"

"Beth os bydd Mrs Roberts yn dy ddal di?" meddai Sara.

"Mae'n rhy beryglus, Sam. Dyw e ddim gwerth y risg," meddai Mel yn gall.

"Ydy!" Edrychodd Sam yn styfnig. "Maen nhw'n cael hwyl am ein pennau ni. Dwi wedi cael hen ddigon, a dwi'n mynd i wneud rhywbeth!"

"Ond beth os nad ydyn nhw wedi mynd â'r dyddiadur?" llefodd Ffi.

Cododd Sam ei hysgwyddau. "Sdim ots gen i am y dyddiadur. Dwi eisiau dysgu gwers iddyn nhw!" Edrychodd ar bawb. "Ydych chi'n dod gyda fi? Neu ydych chi i gyd yn fabis mam?"

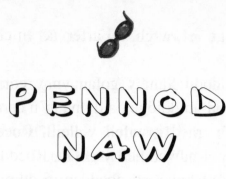

PENNOD NAW

"Ali!" Pwysodd Sam dros ymyl ei gwely a chydio'n fy ysgwydd. Dihunais yn sydyn. "Mae'n bryd i ni fynd."

"Ocê," ochneidiais, gan daflu'r dwfe oddi arna i. Roedden ni i gyd wedi gwneud ein gorau i berswadio Sam i anghofio am ei chynllun dwl, ond wnâi hi ddim gwrando. Ac allen ni ddim gadael iddi fynd ar ei phen ei hun, allen ni? Bydden ni mewn helynt am filiwn o flynyddoedd pe bai Mrs Roberts yn ein dal. Ond dim ots. Roedd yn rhaid i'r Clwb Cysgu Cŵl helpu ei gilydd bob amser.

Cripion ni at y drws. Ro'n i'n hanner gobeithio y byddai Alana Banana'n deffro, ac wedyn fyddai dim rhaid i ni fynd. Ond roedd hi'n cysgu fel twrch, fel arfer, ac yn chwyrnu fel tarw.

Diffoddodd Sam y golau yn y coridor, er mwyn bod yn ddiogel, a dyma ni'n cerdded ar flaenau'n traed i stafell y lleill. Roedd hi'n ddu fel bol buwch heb y golau. Roedden ni'n cario'n tortshys, ond doedden ni ddim am eu defnyddio os nad oedd rhaid, felly fe gadwon ni'n dynn wrth y wal nes cyrraedd y drws.

"Dyma ni," sibrydodd Sam, a'i llaw ar fwlyn y drws. Gwasgodd hi swits y tortsh i wneud yn siŵr. "O, help! Rhif wyth yw hon – stafell Mrs Roberts!"

"O, clyfar iawn, Sam!" gwichiais.

Brysion ni ymlaen i rif saith. Cododd y lleill ar eu heistedd pan gerddon ni i mewn.

"Pawb yn barod?" meddai Sam yn sionc.

"Aros funud." Estynnodd Sara at gwpwrdd Ffi a chydio yn rhywbeth. "Edrychwch beth sy gen i!"

"Dyddiadur Ffi!" gwichiodd Sam. "Ble oedd e?"

"O dan y gwely," mwmianodd Ffi, gan edrych yn goch iawn. "Roedd e wedi cwympo o 'mag i, mae'n rhaid."

"O, grêt!" dwedais yn grac. "Ar ôl yr holl ffws a ffwdan!"

"Felly does dim rhaid i ni fynd i daflu'r bomiau nawr, oes e?" meddai Mel. Rhaid dweud, ro'n i'n falch dros ben.

"Wyt ti'n *gall*?" meddai Sam yn chwyrn. "Taflon nhw ein dillad ni i'r goeden, os wyt ti'n cofio. Ta beth, dwi wedi gwario 4 ewro ar y bomiau drewi, felly dwi ddim yn mynd i'w gwastraffu! Nawr, dewch 'mla'n!"

Cododd Ffi, Sara a Mel o'u gwelyau'n anfodlon iawn. Roedden nhw'n edrych mor nerfus â fi, ond doedden ni ddim am siomi Sam.

Agorodd Sam y drws, a gwichiodd Ffi.

"Be sy'n bod?" hisiodd Sam mewn braw.

"Mae'n ddu bitsh mas fan'na!" sibrydodd Ffi. "Dwi'n mynd i nôl tortsh."

Cydiodd Sam yn ei braich. "Na, mae'n rhy beryglus. Byddwn ni'n fwy diogel yn y tywyllwch."

"Ond sut byddwn ni'n ffeindio'n ffordd?" llefodd Ffi.

"Pawb i sefyll mewn rhes y tu ôl i Ali, a chadw'n dynn wrth y wal," meddai Sam wrthi.

"O, grêt!" cwynais. "Fi sy ar y blaen, fel arfer!"

Safodd pawb mewn rhes – fi yn gyntaf, wedyn Sam, Sara, Mel a Ffi – a chydio llaw. Yna dyma ni'n camu'n ofalus allan i'r coridor tywyll.

Ar ôl i ni basio stafell Mrs Roberts, roedd pawb yn teimlo'n well, ond roedd tipyn o ffordd i stafell Pilar a'r criw. Arweiniais i bawb yn ara bach i lawr y coridor, gan dynnu fy mysedd ar hyd y wal, nes i ni gyrraedd y gornel.

Yn sydyn, clywais rywun yn igian y tu ôl i fi. "Hic!" Doedd e ddim yn uchel iawn, ond roedd e'n *swnio'n* uchel yn y coridor tawel. Roedd fy nghalon yn curo fel drwm. Rhois blwc i law Sam a thynnu pawb rownd y gornel gyda fi. Gwasgon ni'n hunain yn erbyn y wal, a disgwyl gweld y goleuadau'n disgleirio. Ond ddigwyddodd dim byd.

"Mel, y twpsyn!" sibrydais. "Pam na wnest ti ddal dy anadl?"

"Nid fi wnaeth y sŵn!" atebodd Mel yn grac.

"Wel, pwy 'te?'

Dim ateb.

"Dwi wedi gweld hyn yn digwydd mewn ffilm iasoer," meddai Sam. "Bydd bwystfil yn cripian y tu ôl i ni ac yn ein lladd ni un ar y tro."

"Dwi ddim yn mynd i sefyll ar ben y rhes 'te!" gwichiodd Ffi, a dechreuodd wthio'i ffordd rhwng Sara a Mel.

"Sh, rydyn ni wedi cyrraedd ta beth," dwedais.

Yn gyflym iawn, goleuodd Sam y tortsh i weld a oedden ni yn y lle iawn, ac yna dyma hi'n cripian ar draws y coridor.

"Diffodda'r tortsh 'na cyn i ti agor y drws!" dwedais, ond ysgydwodd Sam ei phen.

"Dwi eisiau gwneud yn siŵr bod y bom yn disgyn yng nghanol y stafell!" dwedodd, gan dynnu'r bocs o boced ei phyjamas.

Daliodd pawb eu gwynt wrth i Sam agor y drws, a chysgodi'r tortsh â'i llaw. *Yna* buon ni i gyd bron â chwympo'n farw, pan wthiodd hi'r drws led y pen ar agor yn sydyn.

"Beth wyt ti'n wneud?" gwichiais, mewn panig llwyr.

"Dydyn nhw ddim yma!" meddai Sam yn grac. "Edrychwch!"

Goleuodd Sam bob cornel o'r stafell â'i thortsh, a syllodd pawb i mewn. Roedd y gwelyau'n wag!

"Wel, ble maen nhw?" meddai Sara, ond chawson ni ddim cyfle i ateb. Roedd rhywun yn agor drws ymhellach i lawr y coridor . . .

"Glou!" Gwthiais bawb i mewn i'r stafell. "Neidiwch i'r gwelyau!"

Neidiodd pawb i wely gwag a gorwedd yno'n dawel gan esgus cysgu. Gwelson ni olau'n llifo o'r coridor, yna, yr eiliad nesaf, agorodd y drws, a gwthiodd Miss Moreno, athrawes y Sbaenwyr, ei phen i mewn. Dwedodd hi rywbeth yn Sbaeneg – "Ydych chi'n cysgu?" siŵr o fod – a phan atebodd neb, fe aeth allan.

Cododd pawb ar eu heistedd gan ochneidio'n hapus. Ond pharodd hynny ddim yn hir, achos yr eiliad nesaf fe glywson ni lais Mrs Roberts y tu allan i'r drws. Buon ni bron â marw.

"Ydw, dw inne'n siŵr 'mod i wedi clywed

rhywun yn symud o gwmpas hefyd," meddai Mrs Roberts. "Ydy'ch plant chi i gyd yma?"

"Dwi ddim wedi cael cyfle i edrych ym mhob stafell," meddai Miss Moreno. "Fe a' i i edrych yn y lleill nawr."

"Gwell i finne fynd i weld ydy 'mhlant i'n ddiogel yn eu gwelyau," meddai Mrs Roberts mewn llais difrifol iawn, a gwichiodd pawb mewn braw. Nawr roedden ni mewn *twll*.

"Beth allwn ni wneud?" llefodd Ffi. "Bydd Mrs Roberts yn gweld bod y gwelyau'n wag!"

"Falle na sylwith hi ddim," meddai Mel yn obeithiol.

"Ella dylen ni ruthro'n ôl i'n stafelloedd," awgrymodd Sara.

"O, ie, a rhedeg yn syth i freichiau Mrs Roberts cyn gynted ag yr agorwn ni'r drws!" meddai Sam. "Na, mae'n well i ni aros fan hyn."

"Gallen ni esgus ein bod newydd fod yn y tŷ bach," dwedais.

"Be, pob un ohonon ni?" Cododd Sara ei haeliau. "Chredith hi 'run gair!"

Allen ni ddim penderfynu beth i'w wneud,

felly arhoson ni yn y fan a'r lle, a disgwyl. Ar ôl rhai munudau, daeth Mrs Roberts a Miss Moreno'n ôl ar hyd y coridor, ac fe foelon ni'n clustiau a gwrando ar eu sgwrs.

"Wel, alla i ddim deall y peth." Mrs Roberts siaradodd gyntaf. "Dwi'n siŵr 'mod i wedi clywed rhywbeth. Ond mae fy mhlant i yn ddiogel yn eu gwelyau."

Allen ni ddim credu. Doedden *ni* ddim yn y gwely – wel, nid yn ein gwelyau'n hunain, ta beth – ond doedd Mrs Roberts ddim wedi sylwi. Ta beth, doedd dim ots gyda ni – roedden ni'n ddiogel!

Arhoson ni am ryw chwarter awr nes i'r athrawon gael cyfle i fynd i gysgu, ac yna fe ddihangon ni. Doedd dim diben taflu bom os oedd y stafell yn wag, felly roedd yr holl beth yn wastraff amser. *Ac* roedden ni'n lwcus na ddaliodd Mrs Roberts ni . . .

"'Nôl â ni!" meddai Sam, a dyna falch oedd pawb. Diffoddodd Sam olau'r coridor unwaith eto.

"Allwn ni ddim gadael y golau arno?" llefodd Ffi.

"Dim o gwbl!" atebodd Sam. "Os daw Mrs Roberts ar ein traws, o leia fe fydd gyda ni siawns i ddianc yn y tywyllwch."

I ffwrdd â ni. Roedd arnon ni gymaint o ofn cadw sŵn, roedden ni'n trio peidio ag *anadlu*.

Wrth i ni gripian ar hyd y coridor, estynnais fy llaw i deimlo ble roedd y gornel.

A bues i bron â llewygu gan sioc pan gyffyrddais â bysedd rhywun yn dod tuag ata i . . .

PENNOD DEG

Dwi ddim yn gwybod sut llwyddais i i beidio â sgrechian, ond fe wnes. Ac os wyt ti erioed wedi taro'n erbyn rhywun yn sydyn yn y tywyllwch a theimlo *cnawd* dan dy fysedd, rwyt ti'n gwybod pa mor erchyll yw hynny. Rhewais yn y fan a'r lle, ond roedd y lleill yn dal i ddod ac yn taro yn fy erbyn.

"Be sy'n bod?" gwichiodd Ffi.

Es i ymbalfalu am y swits golau agosa a'i wasgu. A dyna lle'r oedd y pump Sbaenes yn sefyll o'n blaen – Pilar yn gyntaf, Maria ac Isabella y tu ôl iddi, a'r efeilliaid yn ola.

"Pam ydych *chi* fan hyn?" meddai Pilar a fi yn ffyrnig ar un gwynt.

Doedd neb yn gwybod beth i'w ddweud. Doedden ni ddim yn siŵr a ddylen ni deimlo'n falch nad athrawon oedd yno, neu deimlo'n grac mai *nhw* oedd yno, felly fe safon ni'n stond gan edrych yn hurt ar ein gilydd a symud o un droed i'r llall.

"Rydyn ni . . . ym . . . newydd fod yn y bathrwm," meddai Sara mewn llais bach.

"Chi'n mynd ffordd anghywir," meddai Maria, gan bwyntio'i bawd dros ei hysgwydd. "Bathrwm draw fan'na."

"Wel, ble ydych *chi* wedi bod?" meddai Sam yn swta. "Yn ein stafelloedd ni yn chwarae triciau, betia i i chi!"

Cochodd y merched.

"A doedden ni ddim yno. Dyna drueni!" meddai Ffi'n falch.

"Ond ble oeddech chi?" gofynnodd Maria'n ddrwgdybus. "Fi'n meddwl *chi* chwarae triciau arnon *ni* hefyd!"

Ni gochodd y tro hwn.

"Fe basion ni'n gilydd yn y coridor, mae'n rhaid!" dwedais. "Wnaeth rhywun igian?"

"Fi dweud 'Hic!'" meddai Elena a'i hwyneb yn binc.

"Hi dweud 'Hic!' drwy'r amser!" eglurodd Maria.

"Dwi'n 'nabod rhywun arall sy'n gwneud 'run fath!" Edrychais ar Mel. "Ta beth, fe achubon ni'ch crwyn chi. Pan ddaeth eich athrawes i edrych amdanoch chi, roedden ni yn y gwelyau yn esgus mai chi oedden ni!"

"*So*?" meddai Pilar. "Daeth athrawes i edrych am *chi* hefyd – a ni'n gwneud yr un peth!"

"Be? Oeddech chi yn ein gwelyau *ni*, a ni yn eich gwelyau *chi*?" meddai Ffi'n syn.

"Beth am Alana Banana?" gofynnais. "Wnaeth hi ddim sylwi?"

"Ti'n sôn am y merch sy'n swnio fel mochyn?" Gwenodd Maria. "Na, hi ddim yn deffro!"

Edrychon ni ar ein gilydd. Yna dechreuon ni giglan. *Roedd* y merched o Sbaen yn debyg i ni wedi'r cyfan. Dyna ddwl oedden ni i ryfela, a dyna ddoniol oedden ni'n cripio i stafelloedd ein gilydd. Allen ni ddim help chwerthin.

"Chi dod i stafell ni!" sibrydodd Maria, felly dyma ni i gyd yn brysio'n dawel bach i lawr y coridor i'w stafell wely nhw. Ar ôl cau'r drws, disgynnon ni ar y gwelyau a chwerthin nes ein bod ni'n wan.

"Alla i ddim credu bod Alana Banana wedi cysgu drwy bopeth!" Roedd Sam yn gorwedd ar wely Maria, yn stwffio cornel y dwfe i'w cheg i fygu'r chwerthin. "Mae'r ferch 'na mor dwp â stên!"

"Dyna enw iawn hi – Alana Banana?" gofynnodd Anna. Roedd hi o ddifri!

Cafodd y Clwb Cysgu Cŵl sterics.

"Pam chi chwerthin?" meddai Anna, gan edrych yn bigog fel mae Sara ambell waith.

Felly dyma ni'n egluro'n gyflym am yr M&Ms, ac am Alana. Os oeddwn i a Pilar fel llinyn trôns, roedd Sam a Maria 'run ffunud â'i gilydd, a Mel ac Elena'n igian, ac roedd Anna'n eitha tebyg i Sara!

"Felly, pa dric chi'n mynd i chwarae?" gofynnodd Maria'n eiddgar.

Tynnodd Sam y bocsaid o fomiau drewi o boced ei phyjamas, a'i ddangos.

"A ni!" meddai Maria, a dyma hi'n gwneud yn union yr un fath.

"Ella byddai *hynny* wedi deffro Alana Banana!" awgrymodd Sara, a dechreuon ni chwerthin eto.

Ar ôl i ni stopio giglan o'r diwedd, eisteddon ni yno a syllu ar ein gilydd heb ddweud gair. Dyna deimlad od. Roedden ni wedi bod yn elynion am dri diwrnod, a nawr dyma ni, yn ffrindiau mawr.

"Sori dwi wedi dweud bod timau pêl-droed chi'n ofnadwy," meddai Maria'n sydyn.

"Mae'n ddrwg gen i 'mod i wedi dy gyhuddo di o fynd â 'mag i!" meddai Sam ar unwaith.

"Mae'n ddrwg gen i 'mod i wedi dy daflu di i'r môr!" meddai Mel wrth Elena.

"Ni'n drwg am daflu eich dillad i'r goeden," meddai Pilar wrthon ni.

"Iawn, mae'n ddrwg gan bawb am *bopeth*," dwedais. "Dewch i ni siarad am rywbeth arall nawr!"

"Chi eisiau Coca-Cola?" Tynnodd Pilar ganiau o'r cwpwrdd wrth ei gwely. "Mae creision gyda ni hefyd."

"Hei, mae hwn yn union fel cyfarfod o'r Clwb Cysgu Cŵl!" meddai Sara.

"Cysgu Cŵl? Beth yw hwn?" meddai Anna, yn llawn diddordeb.

"O, ti'n gwbod. *Dormir fresco*," dwedais. "Dwi'n meddwl mai dyna'r enw Sbaeneg. Cael bwyd yn y nos."

"A! Parti pyjamas," meddai Pilar gan chwerthin. "Rydyn ni hefyd yn cael parti pyjamas."

Nodiais. "Ond rydyn ni'n cael rhai *arbennig*. Ni yw'r Clwb Cysgu Cŵl!"

"Dwi ddim deall. Beth yw hwn?" gofynnodd Maria.

"Mae'n gyfrinach, ond fe allwn ni ddweud ychydig bach wrthoch chi, os ydych chi eisiau . . ." Edrychais ar Sara, Sam, Ffi a Mel, a nodiodd pawb.

Felly dwedais wrthyn nhw sut y cychwynnodd y Clwb Cysgu Cŵl, ac roedden nhw wrth eu bodd. Wedyn fe soniais am y gân arbennig a'r cardiau aelodaeth a'r gwleddoedd canol-nos. Dydyn ni ddim fel arfer yn rhannu cyfrinachau, ond fe addawon nhw beidio â dweud gair. Felly fe ddechreuon ni sôn am rai o anturiaethau'r Clwb, a chyn hir roedd pawb yn chwerthin nes bod dagrau'n powlio i lawr eu bochau.

"Beth chi'n dweud? Ydyn *ni'n* cael Clwb Cysgu Cŵl hefyd?" meddai Pilar, gan edrych ar Maria, Elena, Anna ac Isabella.

"Ie, pam lai?" meddai Sam yn eiddgar. "Fe helpwn ni chi i drefnu."

"Hei, beth am gael cyfarfod nawr?" awgrymais. "Wedyn gallwn ni ddangos i chi beth i'w wneud!"

Roedd pawb yn meddwl bod hwnna'n syniad ardderchog, felly dyma ni i gyd yn neidio i'r gwelyau, y merched o Sbaen ar dop pob gwely a ninnau ar y gwaelod. Gorffennon ni'r creision a'r Coca-Cola, a rhoddodd Maria siocled i bawb. Dechreuon ni ddweud jôcs, ac yna fe ddysgon nhw eiriau Sbaeneg i ni ac fe ddysgon ni eiriau Cymraeg iddyn nhw. Wedyn fe ddwedon ni storïau iasoer. Roedd Maria llawn cystal â Sam, a rhwng y ddwy ohonyn nhw, buon nhw bron â rhoi sioc farwol i Ffi ac Isabella.

Yna fe ddangoson ni rai o'n dawnsiau iddyn nhw ac fe ddangoson nhw i ni sut oedd dawnsio fflamenco. Cafodd pawb amser gwych, ac roedd hi bron yn dri o'r gloch y bore cyn i ni ddechrau blino.

"Clwb Cysgu Cŵl yn syniad ffantastig!" meddai Isabella'n gysglyd.

"Ydych chi'n meddwl y byddwch chi'n dechrau un?" gofynnais.

Nodiodd y merched.

"Fory chi'n mynd i'r traeth, ie?" gofynnodd Pilar. "Os ydych chi eisiau, ni chwarae pêl-foli gyda chi?"

"Yn ben-dant!" meddai Sam. "Welwn ni chi yn y bore!"

Felly roedd popeth yn iawn yn y diwedd. Fe dreulion ni weddill yr wythnos yng nghwmni Pilar, Maria, Elena a'r lleill, a dyfala be? Fe gawson ni gyfarfod o'r Clwb bob nos – ie, *bob nos*! Roedd hynna'n record, hyd yn oed i ni.

Ar y noson ola fe gawson ni gyfarfod arbennig iawn. Roedd yr athrawon eu hunain yn cael parti ac roedden nhw wedi cytuno y gallen ni fynd i stafelloedd ein gilydd am unwaith. Felly, gan ein bod yn cael gwneud cymaint o sŵn ag a fynnen ni, fe ddangoson ni i Pilar a'r criw sut i chwarae *Gladiators.*

Roedden ni wedi cael amser mor braf yn Sbaen, doeddwn i ddim eisiau mynd adre. Ond ar y llaw arall ro'n i eisiau mynd hefyd. Ti'n deall be dwi'n feddwl – dyw dy dad a dy fam yn gwneud dim ond pregethu pan fyddi di gartre, ond pan ei di i ffwrdd, alli di ddim aros i'w gweld nhw! Ac ro'n i *bron â marw* eisiau gweld Pepsi.

"'Nôl i'r hen Dregain 'na eto!" ochneidiodd Sam, wrth i ni ddringo i'r bws mini. "Byddwn i'n dwlu aros am wythnos arall!"

"A fi," meddai Ffi, gan godi ei llaw ar Pilar a'r lleill a oedd wedi dod i ddweud hwyl fawr wrthon ni.

"Dyna drueni na chawson ni fwy o amser i ddod i'w 'nabod nhw," meddai Sara'n drist, gan chwifio hefyd. "Welwn ni byth mohonyn nhw eto. Meddyliwch!"

Gwnaeth hynny i bawb deimlo'n ddiflas.

"Pawb yma?" Brysiodd Mrs Roberts i lawr y bws gyda'i chlipfwrdd, a galw enw pob un. "Iawn, dwi'n meddwl ein bod ni'n barod."

Safon ni i gyd ar ein traed ac agor y ffenestri.

"HWYL FAWR!" gwaeddon ni. "*Adiós!* Sgrifennwch i ddweud wrthon ni am eich Clwb!"

"Iawn!" gwaeddon nhw, a dyma ni i gyd yn chwifio llaw nes oedden nhw wedi diflannu o'r golwg.

"Ydych chi wedi cael amser braf?" gofynnodd Mrs Roberts wrth i'r bws mini anelu am y maes awyr. "Sylwais i eich bod yn ffrindiau mawr â rhai o'r Sbaenwyr." Gwenodd. "Wel, ar ddiwedd yr wythnos ta beth."

Aeth wynebau pawb braidd yn binc.

"Dyma newyddion da i chi. Mae Miss Moreno a fi wedi bod yn sôn am drefnu ymweliadau rhwng ein dwy ysgol," ychwanegodd Mrs Roberts. "Byddwn ni'n mynd i'w hysgol nhw ym Madrid, a nhw'n dod aton ni i Dregain. Beth amdani?"

Eisteddodd pawb lan yn syth.

"Syniad gwych, Miss!" meddai Sam yn eiddgar.

"Felly byddwn ni'n eu gweld nhw, wedi'r

cyfan," gwichiodd Sara wrth i Mrs Roberts fynd yn ôl i'w sedd. "Ffantastig!"

"Gwell i ni ddechrau dysgu Sbaeneg 'te!" Tynnais y geiriadur o 'mhoced a dechrau bodio drwyddo. "Beth yw . . ."

Ochneidiodd y lleill a thaflodd Sam ei chap pêl-fas ata i.

Felly dyna'n trip ni i Sbaen! Cŵl, on'd oedd e? Wel, roedd y diwedd yn well na'r dechrau, ta beth. Ha, dwi'n gwybod be sy'n mynd drwy dy feddwl di. "Dyna beth od! Chawson nhw ddim llawer o helynt am unwaith." Rwyt ti'n iawn. Fe gawson ni un ffrwgwd fach gyda Mrs Roberts, ond roedd pethau'n ddigon tawel, on'd oedden nhw?

Anghywir!

Dwedais i wrth Sam am beidio â rhoi'r bocs o fomiau yng ngwaelod ei bag, ond wnaeth hi ddim gwrando. *Dwedais* i wrthi am fod yn ofalus pan ollyngodd hi'r bag ar lawr y stafell aros yn y maes awyr, ac yna rhedeg i brynu byrgyr.

Wyt ti erioed wedi arogli llond bocs o fomiau drewi yn ffrwydro ar yr un pryd?

Buon nhw bron â chau'r maes awyr! Ac fe fentrodd Mrs Roberts ei bywyd, drwy sniffian pob un o'r bagiau i weld pwy oedd yn gyfrifol. Doedd hi'n synnu dim mai ar Sam oedd y bai, ond mae'n rhaid i'r Clwb Cysgu Cŵl gael o leia *un* llanast, on'd oes?

Wela i di!

Bydd yn cŵl – ddarllena'r cyfan

Dere i ymuno â'r Clwb Cysgu Cŵl:
Ali, Sam, Ffion, Sara a Meleri, pump
o ferched sy'n hoffi cael hwyl – ond
sy wastad mewn helynt.

Mae Nia'r Urdd wedi colli ei chariad. Does dim i'w
wneud felly ond chwilio am gariad newydd iddi.
Mae'r merched yn gwybod yn union pwy i'w ddewis –
Harri Hync. Ond sut mae trefnu dêt rhwng y ddau?
Wrth iddyn nhw gysgu'r nos yn nhŷ Ali, mae'r
merched yn cynllunio. Ond dyw hi ddim yn hawdd.

Iym! Mae'r merched wedi coginio bwyd blasus ar gyfer y wledd ganol nos, ond dyw Ffion ddim yn bwyta, na Mel chwaith. Beth sy'n digwydd pan mae'r ddwy'n dihuno yn oriau mân y bore? Rhaid i bawb sleifio i lawr i'r gegin . . .

❸

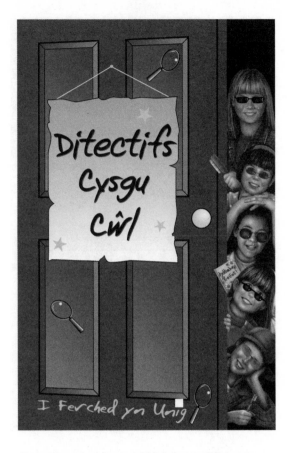

Pan mae Losin, cath Mel, yn diflannu,
mae'r Clwb Cysgu Cŵl yn benderfynol
o ddod o hyd iddi. Ond gwaith anodd
yw bod yn dditectifs! Mae gan yr hen
wraig drws nesa llond lle o gathod.
Ai hi sy'n euog o ddwyn Losin?

Pryd mae'r cyfarfod nesaf o'r Clwb?
Ar nos Wener . . . nos Wener y 13eg!
Mae Sam wedi paratoi pob math o driciau
erchyll a bwydydd ych-a-fi. Does ryfedd
fod Ffi druan yn crynu yn nhraed ei sanau.
Ond pwy gaiff y sioc fwyaf, tybed?

⑤

Y Clwb Cysgu Cŵl
YN GWERSYLLA

I Ferched yn Unig

Pwy fydd yn ennill y Cwpan Antur yng
ngwersyll Cwm Cadno – y Clwb Cysgu
Cŵl neu eu gelynion penna, yr M&Ms?
'Rhaid i ni ennill!' meddai Sam, ond mae
Ffi druan yn swp sâl wrth feddwl am
ddringo'r rhwydi uchel.

Mae stafell wely Sara druan mor flêr
ag erioed. Mae Dad wedi addo papuro
a pheintio ond does dim sôn amdano.
Pwy sy'n mynd i bapuro yn ei le?
Y Clwb Cysgu Cŵl, wrth gwrs. Dim prob!

Yn anffodus, mae problemau mawr.
'Dim rhagor o gyfarfodydd Clwb!' meddai
rhieni'r merched. Ydy hi ar ben ar yr
Clwb Cysgu Cŵl?

Pacia dy sach gysgu a dere i rannu'r hwyl.